D1718972

Ina Bender

freundinnen

& andere monster

Der Roman zum Film

›Freundinnen und andere Monster‹
ist eine Produktion der Delta Media
in Coproduktion mit
Avora Media Polygram Filmproduktion
und dem WDR.
Gefördert von der

Filmstiftung
Nordrhein-Westfalen GmbH

Regie:
Mika Kallwass
Drehbuch:
Thomas Springer, Katya Kleiner
Produzenten:
Michael Braun, Thomas Springer,
Alexander Buchmann

BASTEI
LÜBBE

BASTEI-LÜBBE-TASCHENBUCH
Band 12868

Originalausgabe
© 1998 by Bastei-Verlag Gustav H. Lübbe GmbH & Co.,
Bergisch Gladbach
Printed in Germany August 1998
Einbandgestaltung: QuadroGrafik, Bensberg
Titel und Fotos Bildinnenteil: Delta Media
Satz: hanseatenSatz-bremen, Bremen
Druck und Bindung: Elsnerdruck, Berlin
ISBN 3-404-12868-0

Abschied

Katja!« Die Stimme klang scharf, aber so klang sie eigentlich immer. Katja konnte sich nicht erinnern, sie jemals freundlich gehört zu haben, nicht einmal, wenn sie keine Kommandos brüllte. Kam es ihr nur so vor, oder war es heute noch schlimmer als sonst?

»Und aussitzen! Marsch!«

Ja, ja, dachte Katja. Ist schon gut, wir machen's ja, Raisulih und ich.

»Und Sch-e-ritt! Marsch!«

Es war eindeutig: Die Stimme klang heute noch unfreundlicher. Kein aufmunterndes Wort zwischendurch, kein noch so winziges Lob. Dabei hatten sich Pferd und Reiterin bisher noch nicht einen Fehler geleistet. Katja warf ihrer Reitlehrerin aus den Augenwinkeln einen Blick zu. Seit einer Stunde ließ sie sich nun schon schinden, dabei hatte sie heute wirklich keine Lust auf schwierige Dressurübungen, aber darüber ließ Frau Maurer natürlich nicht mit sich reden. Dressur war Dressur, da kannte sie keine Gnade. Nicht einmal heute, wo Katja zum letztenmal hier war.«Du sitzt nicht auf einem Karussellpferd!«

Allmählich reichte es ihr. Sie ritt schon seit über zehn

Jahren. Mußte sie sich immer noch behandeln lassen wie eine Anfängerin?

»Und anhalten! Und langsam rückwärts ausrichten!«

Raisulih war wunderbar, dabei wußte Katja, daß er sich genauso über Frau Maurer ärgerte, wie sie es tat.

Die Stimme wurde noch um einiges lauter. Kommandoton wie in der Kaserne. »Und jetzt mal eine or-dent-li-che Piaffe!!!«

Nein, das nicht auch noch, das war zuviel! Es war ihr letzter Tag im Sauerland, den wollte sie in guter Erinnerung behalten. Kurz entschlossen beugte sich Katja nach vorn und flüsterte ihrem Berberhengst ins Ohr: »He, Raisulih, sie kann uns mal, die alte Ziege. Komm, wir zeigen es ihr!«

Raisulih blieb beim Klang ihrer Stimme sofort stehen. Katja wußte, daß er jedes Wort verstand, das sie zu ihm sagte.

»Wollt ihr einschlafen, ihr beiden? Was ist denn heute nur mit euch los?«

Leise schnalzte Katja mit der Zunge, und Raisulih zeigte, daß er sie genau verstanden hatte. Vor den erstaunten Augen der Reitlehrerin und der zehnjährigen Kim, die Katjas Übungen vom Rand des Platzes aus verfolgt hatte, preschte er los. Verflogen war die Unlust, mit der die beiden bis eben die Anweisungen von Frau Maurer befolgt hatten. Katja verlor ihre Reitkappe, und ihre langen rotbraunen Haare flatterten wie eine Fahne hinter ihr her, als Raisulih zu einem eleganten Sprung über die Begrenzung des Reitplatzes ansetzte.

Während Frau Maurer ärgerlich die schmalen Lippen zusammenpreßte, sagte Kim bewundernd: »Boah!«

Aber nach einem scheuen Blick auf die Reitlehrerin schwieg sie sofort wieder.

Katja spürte, wie alles von ihr abfiel, was sie bis eben noch bedrückt hatte. Sie fühlte sich frei, und sie war sicher, daß es Raisulih genauso ging. Er galoppierte zielstrebig auf den nahegelegenen Wald zu und war – daran konnte es keinen Zweifel geben – genauso glücklich wie sie.

»Na?« fragte Frau Krämer und legte ihrer Tochter einen Arm um die Schultern, während sie beide auf die Straße blickten. Ein großer Möbelwagen stand direkt vor dem Haus.

»Selber ›na‹«, antwortete Katja. Die Wohnung, in der ihre Mutter und sie in den letzten Jahren gewohnt hatten, war schon fast leer. Heute war der Tag, an dem sie von ›ihrem‹ Dorf im Sauerland nach Essen ins Ruhrgebiet zogen. Der Tag, an dem für sie beide etwas völlig Neues begann.

Katjas Mutter hatte eine Stelle in Essen angenommen, und deshalb mußten sie umziehen. Katja war natürlich mehr als traurig darüber, ihre Freundinnen und Freunde und vor allem Raisulih zurücklassen zu müssen – aber schließlich war Essen nicht aus der Welt. Wenn sie wollte, konnte sie jedes Wochenende hierherfahren. Und vielleicht war das Leben in einer Großstadt ja auch interessant. Es gab einige hier im Dorf, die sie glühend darum beneideten, endlich ins richtige Leben zu kommen.

»Ich geh' dann mal«, sagte sie. »Mich von allen verabschieden.«

»Das machst du doch schon seit Tagen«, erwiderte ihre Mutter lächelnd. »Bist du immer noch nicht fertig?«

Katja schüttelte den Kopf.

»Beeil dich aber, die brauchen bestimmt nicht mehr lange, bis sie fertig sind«, mahnte Frau Krämer und deutet in Richtung der Möbelpacker.

»Nur ein paar Minuten«, sagte Katja und lief aus dem Haus. Sie versuchte, nicht daran zu denken, daß es bald nicht mehr ›ihr‹ Haus sein würde. Die vergangenen Tage waren damit angefüllt gewesen, lauter ›letzte Dinge‹ zu erledigen, und die Wohnung war bereits wieder vermietet. Sich vorzustellen, daß fremde Menschen all ihre Lieblingsplätze mit Beschlag belegen würden, hatte ihr jedesmal die Laune gründlich verdorben, deshalb dachte sie nun – wo der endgültige Abschied plötzlich zum Greifen nah war – lieber nicht mehr darüber nach. Es fehlte noch, daß sie in Tränen ausbrach, wenn ihre Mutter und sie aus dem Dorf fuhren.

Maria, ihre beste Freundin, und die anderen aus ihrer Clique eilten ihr schon entgegen. Bei diesem Anblick wurde es Katja doch wieder ziemlich mulmig. Aber die Jungs sorgten dafür, daß keine traurige Stimmung aufkam. Maria war ziemlich blaß und sprach nur wenig, aber das fiel nicht weiter auf, denn Jens riß wie üblich seine Klappe weit auf und blödelte herum. Als Katja bei den anderen war, ging er direkt auf sie zu, boxte sie kameradschaftlich in die Seite, und dann gab er ihr völlig überraschend einen Kuß.

»He!« rief sie halb empört, halb lachend. »Was fällt dir denn ein?«

»Und jetzt ich!« Das war JoJo, und er machte auch

Anstalten, Katja zu küssen. Von der anderen Seite kam Hans, der offenbar dieselbe Absicht hatte.

Katja sah von einem zum andern, trat einen Schritt zurück, ergriff die Köpfe der beiden und drückte sie zusammen. »Wißt ihr was, Jungs? Knutscht euch doch gegenseitig!«

Allgemeines Gejohle, selbst Maria lachte über die Gesichter der beiden Jungen, die zu spät erkannt hatten, wie ihnen geschah. Sie fiel Katja um den Hals. »Mach's gut, Kati, ich werd' dich echt vermissen.«

»Ich dich auch, Kleine«, sagte Katja, und ihre Stimme klang merkwürdig rauh.

»Ich weiß jetzt schon, was das für Telefonrechnungen gibt!«

»Vierstellig«, meinte Katja. »Mindestens.«

Als sie sich die Reaktionen ihrer Mütter darauf vorstellten, daß zukünftig nur noch solche Telefonrechnung ins Haus flatterten, lachten sie beide, der Moment der Rührung war vorbei. Katja war froh darüber. Sie und Maria umarmten sich noch einmal ganz fest. »Ich muß los. Die Möbelpacker waren schon ziemlich weit, als ich gegangen bin.«

Maria nickte, die anderen alberten schon wieder herum. Katja lief zurück, und tatsächlich wurden soeben die letzten Kisten nach draußen getragen. Ihre Mutter verabschiedete sich von den Nachbarn und nahm einige Abschiedsgeschenke in Empfang. Die ganze Straße schien sich versammelt zu haben. Ein Umzug ins Ruhrgebiet war schließlich ein Ereignis hier auf dem Dorf.

»Da bist du ja«, sagte Frau Krämer zu ihrer Tochter, und es klang erleichtert. »Laß uns fahren!«

Damit war Katja einverstanden, im Augenblick wollte sie nur noch weg.

Als sie auf der Landstraße waren, kullerten die Tränen doch. Katja hatte sich bei der Ausfahrt aus dem Dorf tapfer gehalten. Die Clique war noch eine Weile rufend und lachend hinter dem Auto hergelaufen, sie selbst hatte ebenfalls gelacht und gewunken. Schließlich aber waren die Freunde zurückgeblieben, und Katja hatte sich aufatmend umgedreht. Sie mußte nach vorn schauen – das hatte vor kurzem jemand zu ihr gesagt. Nicht zurück, sondern nach vorn!

Aber es war ein wunderbarer, warmer Sommertag, wie es ihn in einer Großstadt eigentlich gar nicht geben konnte. Die Wiesen leuchteten einladend, und alles um sie herum schien zu fragen: ›Was willst du denn bloß in Essen? Sieh doch nur, wie schön es hier ist.‹

Am liebsten hätte Katja die Augen geschlossen, aber das tat sie nicht, denn das Schlimmste stand ihr noch bevor. Und wenige Minuten später war es soweit: Raisulih graste friedlich an seinem Lieblingsplatz, und als sie an ihm vorbeifuhren, schien auch er zu fragen: ›Was hast du vor? Du weißt doch, daß ich hierbleiben muß! Einen Platz für mich in einem Reitstall in Essen kann deine Mutter nicht bezahlen. Wieso gehst du dann weg?‹

In diesem Augenblick war es um Katjas Beherrschung geschehen. Sie drehte sich so lange nach Raisulih um, bis sie ihn nicht mehr sehen konnte, und dabei flossen die Tränen unablässig. Aber sie versuchte, lautlos zu weinen, vielleicht merkte ihre Mutter es dann nicht.

Doch als sie vorsichtig zur Seite sah, wischte auch ihre Mutter sich mit der Hand über die Augen. Als sie den Blick ihrer Tochter bemerkte, lächelte sie und sagte: »Du kannst jedes Wochenende hierherfahren, Katja. Schon allein wegen Raisulih, der braucht dich doch!«

Katja war das Herz schwer, aber sie nickte tapfer.

Ihre Mutter fuhr fort: »Außerdem findest du im Ruhrgebiet bestimmt neue Freundinnen.«

Aber keine wie Maria, dachte Katja. Keine, mit der ich über tausend gemeinsam erlebte Abenteuer lachen und weinen kann. Und überhaupt: Abschiednehmen ist einfach gräßlich.

Eine andere Welt

Der erste Schultag in Essen! Katja ging zielstrebig, als wäre ihr der Weg schon längst ins Blut übergegangen. Dabei war ihr die Strecke fast völlig neu. Sie hatte sie am Tag zuvor erkundet, damit sie jetzt nicht suchen mußte und sich womöglich am Premierentag in der neuen Schule noch verspätete.

Sie war nicht die einzige Schülerin, die in diese Richtung lief, aber die einzige, die allein war. Ihre langen Haare hatte sie zu Zöpfen geflochten, die ihr gut standen. Sie sah aus wie immer: Jeans, T-Shirt, Lederjacke – ihre Lieblingsklamotten. Mit ihren Gedanken war sie weit weg, bei Raisulih, bei Maria, im Sauerland.

Dann jedoch wurde ihre Aufmerksamkeit geweckt, und sie kehrte in die Gegenwart zurück. Sie war bei einem Mädchen angelangt, das aus der Masse der anderen hervorstach. Bestimmt auch nicht älter als sechzehn, also so alt wie sie selbst, saß es auf einer Bank, sah angestrengt auf eine Stoppuhr und sprach in ein Handy. Sie war Asiatin, Japanerin vielleicht, sprach jedoch ohne jeglichen Akzent Deutsch. Angestrengt beobachtete sie den Straßenverkehr; die zu Fuß vorbeihastenden Menschen würdigte sie keines Blickes. Sie trug einen witzigen roten Hut und eine Sonnenbrille, die sie allerdings nach oben geschoben hatte.

Katja ging langsamer, um sie besser beobachten zu können. Sie wäre gern stehengeblieben und hätte die andere gefragt, was sie da tat, aber sie kam sich blöd vor. Zu Hause wäre das kein Problem gewesen, sie war nicht ängstlich und sehr kontaktfreudig, aber hier war sie eben ›die Neue‹. Sie kannte niemanden, sie gehörte nicht dazu. Noch nicht. Um sich die Aussichten darauf, daß sich das bald änderte, nicht zu verscherzen, war es wohl besser, sich eine Weile im Hintergrund zu halten und die Lage zu sondieren, statt neugierige Fragen zu stellen.

Als sie direkt neben der Bank war, richtete sich das Mädchen mit dem Handy plötzlich auf und sagte: »Achtung, er kommt! Zwölf – elf – zehn ...«

Unwillkürlich sah sich Katja um, aber sie konnte nichts entdecken, was das Mädchen gemeint haben könnte, außer einem Verrückten in einem Porsche, der es offenbar furchtbar eilig hatte. Jedenfalls brachte er es nicht fertig, geduldig zu warten, bis eine alte Dame, die nicht sehr gut zu Fuß war, die Straße überquert hatte. Die Ampel war bereits wieder auf Grün für den Autoverkehr umgesprungen, und der Porschefahrer hupte heftig und fuhr dann einen rasanten Bogen um die alte Dame herum, die vor Schreck stehenblieb und sich ans Herz griff. Sekunden später war der Raser schon verschwunden.

Katja war langsam weitergegangen. Das Mädchen auf der Bank würde sich ja wohl kaum für mittelalterliche Porschefahrer interessieren – jedenfalls sah es nicht so aus, fand Katja. Leider konnte sie die Sache nicht weiter verfolgen, ohne aufzufallen. Außerdem mußte sie sich beeilen, wenn sie nicht doch noch zu spät kommen wollte. Also setzte sie ihren Weg nach dieser interessanten Ablenkung ganz schnell fort, und gleich darauf hatte sie die Schule endlich erreicht.

Doch sie wurde sofort wieder aufgehalten. Es schien etwas passiert zu sein, denn eine dichte Traube von Schülern stand auf dem Schulhof, direkt vor den Lehrerparkplätzen. Aufgeregte Stimmen waren zu hören. Ein Mann sprang aus seinem Wagen, gerade als Katja den Schulhof betrat, und bahnte sich energisch einen Weg durch die Gruppe. Verblüfft stellte sie fest, daß es der Porschefahrer von eben war, denn sie erkannte seinen Wagen wieder. Er hatte ihn auf dem Parkplatz abgestellt, der durch ein großes Schild mit der Aufschrift ›Schulleitung‹ gekennzeichnet war. Daneben stand ein weißer Campingbus, der irgendwie fehl am Platze wirkte.

»Was ist denn hier los?« rief der Mann.

Das möchte ich auch gern wissen, dachte Katja und schob sich neugierig näher an die anderen heran. Nun sah sie, was die Gemüter so erregte: Ein sehr hübsches, hellblondes Mädchen lag regungslos am Boden, eine böse Wunde am Kopf. Katja war so geschockt, daß sie wie erstarrt stehenblieb.

Ein anderes Mädchen mit dichten dunkelblonden Locken und einem sehr lebhaften Gesicht baute sich vor dem Porschefahrer auf und schrie völlig außer sich: »Was los ist? Sie haben Anika überfahren, Sie Amateur-Schumi!«

Der Mann starrte verwirrt von ihr auf die reglose Gestalt, die vor ihnen auf dem Boden lag. Er kam gar nicht auf die Idee, sich zu verteidigen. »Anika, um Himmels Willen!« Er ging noch näher heran, beugte sich über das Mädchen.

Die Dunkelblonde rastete jetzt völlig aus, und Katja fragte sich, wann endlich jemand auf die nächstliegende Idee kommen würde, dem verletzten Mädchen zu helfen. Waren die alle verrückt geworden? Wieso tat denn niemand etwas für diese Anika?

»Reicht es Ihnen nicht mehr, sie in jeder Mathestunde fertigzumachen? Müssen Sie sie auch noch umbringen?« schrie das dunkelblonde Mädchen. Wie eine Furie stand es da und funkelte den Mann an.

Dieser antwortete nicht, es war offensichtlich, daß er völlig unfähig war, einen klaren Gedanken zu fassen. »Anika?« stammelte er. »Hörst du mich?« Vorsichtig tippte er sie an, aber sie rührte sich nicht. Ihre blauen Augen standen offen, sie waren völlig starr. Katja fing an, sich unbehaglich zu fühlen. Sie war doch wohl nicht wirklich ...

Das Mädchen mit den dunkelblonden Locken beugte sich auch über die Verletzte, schloß deren Augen und sagte mit dramatischem Unterton: »Ich glaube, es ist zu spät.«

Nun reichte es Katja. Wo war sie denn hier bloß gelandet – unter lauter Idioten? Sie verstand die Welt nicht mehr und bahnte sich genauso energisch ihren Weg durch die Schülermenge, wie es zuvor der Porschefahrer getan hatte. »Laßt mich durch!« sagte sie laut. »Was für ein Quatsch, so schnell stirbt doch keiner!«

Ohne auf die Reaktionen der anderen zu achten, schubste sie den Mann und das Mädchen zur Seite, beugte sich über die Verletzte und sagte unfreundlich zu dem noch immer verwirrten Porschefahrer: »Was schauen Sie denn so blöd? Holen Sie lieber einen Krankenwagen oder einen Notarzt!«

Verwirrt erhob sich der Mann und nickte. Katja verlor keine weitere Minute, sie ließ ihre Tasche fallen, griff nach Anikas Puls, der erstaunlich stabil war und begann mit der Mund-zu-Mund-Beatmung. Sie achtete überhaupt nicht mehr auf das, was um sie herum passierte, sie hoffte nur, daß Anika bald wieder zu sich kommen würde. Bisher hatte sie kein Lebenszeichen von sich gegeben, aber Katja dachte nicht daran, so schnell aufzugeben.

Sie reagierte daher auch nicht, als sie die Dunkelblonde, die eben noch fast einen hysterischen Anfall bekommen hatte, plötzlich völlig ruhig sagen hörte: »Er ist weg.« Was spielte das schon für eine Rolle? Hier ging es schließlich um ein verletztes Mädchen und nicht um diesen wahnsinnigen Raser.

Doch mit einem Schlag änderte sich die Stimmung unter den Schülern. Das scheinbar bedrückte Schweigen, das zuvor geherrscht hatte, wich leisem Gekicher und Stimmengemurmel, und im selben Augenblick kam Leben in das am Boden liegende Mädchen. Anika öffnete die Augen, schubste die verdatterte Katja weg und erhob sich überaus geschmeidig. Es konnte keinen

Zweifel daran geben, daß ihr nicht das geringste fehlte.

Spöttisch sagte sie zu der völlig überraschten Katja: »Wenn du knutschen lernen willst, dann such dir gefälligst 'nen Kerl!« Dabei wischte sie sich den Mund ab. »Ist ja widerlich.«

Die anderen feixten, und Katja kam sich ganz schön dämlich vor. Aber noch immer hatte sie nicht richtig verstanden, was hier eigentlich gespielt wurde. Eins allerdings entging ihr nicht: Was ihr in den Blicken entgegenschlug, die sie in diesem Augenblick von allen Seiten erntete, schwankte zwischen Spott und Mitleid.

Zu allem Unglück schoß auch noch ein höchstens zwölfjähriger Junge unablässig Fotos, als würde er dafür bezahlt. Seine Kamera sah ziemlich professionell aus. Die ganze Sache war also auch noch für die Ewigkeit festgehalten worden! Schlimmer hätte es an ihrem ersten Schultag eigentlich gar nicht kommen können, fand Katja.

Anika war auf einmal von drei anderen Mädchen umringt, die ihr nacheinander um den Hals fielen. Katja erkannte unter ihnen das japanische Mädchen mit dem Handy wieder, das sie zuvor auf dem Weg zur Schule beobachtet hatte. Auch die mit den dunkelblonden Locken war überhaupt nicht mehr hysterisch, sondern höchst vergnügt, genau wie Anika, die offenbar nicht mal eine Schramme abbekommen hatte.

Die Vierte hatte Katja bisher noch gar nicht gesehen. Sie trug eine Brille, einen orangefarbenen Hut und hatte ein spitzes, lustiges Gesicht mit pfiffigen Augen. Die vier gehörten offenbar zusammen. Sie fielen aus dem Rahmen, nicht nur durch ihre bunte, ziemlich phantasievolle Kleidung, sondern jede von ihnen schien auch eine ziemlich große Klappe zu haben. Sie wirkten jedenfalls nicht so, als ließen sie sich von irgend jemandem auch nur irgend etwas gefallen. Katja kam sich noch blöder vor, als sie die vier zusammenstehen und lachen sah.

Die mit den dunkelblonden Locken legte einen Arm um Anika, die mit der Brille sagte: »Mädels, ihr wart oscarverdächtig gut!«

»Hast du gesehen, wie fertig der war?«

»Wie sollte ich das denn sehen?« meinte Anika und grinste. »Ich war doch die ganze Zeit tot!«

»Der war völlig am Ende, echt!«

Sie klatschten sich wie Basketballspieler nach einem gelungenen Korbwurf ab und nahmen die begeisterten Glückwünsche der Umstehenden entgegen, von denen einige sogar Beifall spendeten. Dann löste sich die Versammlung allmählich auf, und alle gingen langsam auf das Schulgebäude zu.

Niemand beachtete Katja mehr, und zumindest darüber war sie froh. Nichts war schlimmer, als angestarrt und entweder belächelt oder bemitleidet zu werden, weil man nichts geschnallt hatte.

Sie folgte den anderen. Das war also, sagte sie zu sich, mein genialer Einstand in der Stadt. Das blöde Landei blickt null durch. Sie konnte sich nicht erinnern, wann sie sich das letzte Mal so mies gefühlt hatte.

»Hallo«, sagte in diesem Augenblick eine sehr freundliche Stimme neben ihr, und sie blickte auf. »Ich bin Maren. Das ist Iris. Bist du die Neue?«

Hübsches, rundes Gesicht, gewinnendes Lächeln. Trotzdem konnte sich Katja nicht überwinden, eine freundliche Antwort zu geben.

»War ja wohl nicht zu übersehen.«

Maren und Iris gehörten jedenfalls nicht zu der Gruppe, die sich eben diesen Spaß erlaubt hatte, das war mehr als augenfällig – sogar für ein dummes Landei. Sie sahen einfach unglaublich ordentlich gekleidet aus, waren sorgfältig frisiert, und sie wirkten sehr wohlerzogen. Katja war sicher, daß sie beide hervorragende Schülerinnen waren.

»Wieso, zur Hölle?« fragte Maren. Sie zeigte noch immer ihr gewinnendes Lächeln. Selbst ihre Stimme klang wohlerzogen, und als sie den Fluch aussprach, klang selbst das noch gepflegt. Es war Katja ein Rätsel, wie sie das machte. »Ich fand«, teilte Maren ihr mit, »daß du ganz klasse reagiert hast. Ich an deiner Stelle würde dem Direx sagen, daß die Angeber-Gang ihn verarscht hat.«

Katja starrte sie entgeistert an. Was war das denn für eine? Ein toller Rat jedenfalls, den sie ihr da gab. Erst blickte sie, die Neue, nicht durch und dann sollte sie sich auch noch einschleimen? Und der Porsche-Fahrer, den sie so unfreundlich angefahren hatte, war der Direx? Das wurde ja immer schlimmer!

Katjas Antwort fiel heftiger aus als geplant. »Sag mal, spinnst du? Bist du der Dorfdepp oder ich?« Sie verdrehte die Augen und ließ die freundliche Maren einfach stehen.

Ihr reichte es bereits, dabei hatte der Schultag noch nicht einmal begonnen.

Aber es kam noch dicker, ganz wie Katja es inzwischen befürchtet hatte. Natürlich wurde in der Schule den ganzen Tag lang nur über die ›Aktion‹ geredet. Die vier Mädchen wurden von allen Seiten daraufhin angesprochen und beglückwünscht. »Echt geile Aktion heute morgen!« hörte Katja immer wieder.

Leider war sie selbst mit dieser Aktion auf wenig heldenhafte Weise, aber nichtsdestotrotz untrennbar verbunden, und deshalb kam natürlich auch immer wieder die Rolle zur Sprache, die sie selbst dabei gespielt hatte. Sie konnte an niemandem vorbeigehen, ohne darauf angesprochen zu werden. »Hey, bist du nicht die Neue, die heute morgen versucht hat, Anika dem Tod zu entreißen?«

Am Anfang hatte Katja noch versucht, witzige Antworten zu geben, aber das gab sie bald auf. Es war zwecklos. Sie antwortete gar nicht mehr, sondern zog nur noch die Augenbrauen hoch. Etwas Besseres fiel ihr nicht ein.

In den Pausen hatte sie die Mädchen aus der Ferne beobachtet und einmal gehört, wie Anika gefragt wurde: »Und, tut's immer noch weh?«

Anika hatte lachend geantwortet: »Und wie! Ist total die Hölle!« und mit ihrem verbundenen Arm die Fragestellerin ein bißchen geboxt. Auch um den Kopf trug sie einen Verband, der ziemlich dramatisch aussah. Wer ihr den wohl angelegt hatte?

Dann hatte jemand gerufen: »Achtung, Schottlock kommt!« Anika war sofort in sich zusammengesunken, hatte eine Leidensmiene aufgesetzt und laut gejammert: »Ich glaub', der ist gebrochen! Bestimmt ein komplizierter Trümmerbruch!«

Die anderen hatten sich kaum halten können vor

Lachen, aber irgend jemand schien leise Bedenken daran geäußert zu haben, daß die Verletzung tatsächlich so dramatisch war, denn empört hatte Anika auf einmal gerufen: »Du bist ja vielleicht blöd! Woher willst du das denn wissen, du bist schließlich noch nie von 'nem Porsche überrollt worden?«

Der Rektor war bald darauf wieder verschwunden, und das allgemeine Gekicher war von neuem losgegangen. Es war klar, daß die vier Mädchen einen Riesenspaß hatten und diesen Schultag richtig genossen.

Bei Katja war natürlich das Gegenteil der Fall. Der Höhepunkt ihrer Niederlage war erreicht, als sie mitanhören mußte, wie eine Schülerin laut über den Schulhof rief: »Die Neue scheint ja 'ne echte Null zu sein!«

Anikas Antwort hatte nicht auf sich warten lassen: »Und küssen kann'se auch nicht!«

Das brüllende Gelächter, das sich daraufhin erhob, klang Katja den ganzen restlichen Tag in den Ohren, obwohl sie so tat, als ginge sie das alles nichts an. Auch dieser Tag würde vorübergehen, das war ihr einziger Trost.

»War's so schlimm?« fragte ihre Mutter abends.

»Geht so.« Besonders gesprächig war Katja nicht. Aber was hätte sie auch erzählen sollen? Daß sie schon nach ihrem ersten Tag an der neuen Schule als ›ziemliche Null‹ angesehen wurde? Ne, das behielt sie lieber für sich. Ihre Mutter hätte sich sonst vielleicht noch Sorgen gemacht.

Ein gutaussehender, blonder Junge hatte sie nach der Schule, als sie in strömendem Regen ganz allein zum Bus gegangen war, gefragt: »Du bist die Neue, oder?« Das war alles gewesen, er hatte die Unfallgeschichte mit keinem Wort erwähnt und Katja nur freundlich angegrinst. Aber sie hatte trotzdem völlig genervt reagiert und ihn angefaucht: »Wenn du auch noch 'nen blöden Spruch auf Lager hast, behalt ihn für dich!« Er hatte ein ziemlich verblüfftes Gesicht gemacht, aber das war ihr egal gewesen. Sie sollten sie bloß alle in Ruhe lassen!

Außerdem, es war nicht alles furchtbar gewesen. So aufregend, wie der Tag begonnen hatte, war er nicht weitergegangen – wenn man von den blöden Bemerkungen absah, die sie sich ständig hatte anhören müssen. Aber im Unterricht hatte sie leidlich folgen können, das hatte Katja als großen Pluspunkt abgehakt.

Mittlerweile wußte sie, daß die vier Mädels, die heute morgen ›die Aktion‹, wie es allgemein bewundernd hieß, gestartet hatten, die sogenannte ›Fun-Gang‹ waren. Die Dunkelblonde, die die Hysterische gespielt hatte, hieß Miriam, die Japanerin mit dem Handy war Doro, die Lustige mit der Brille hieß Nic – und die ›Verletzte‹ war Anika, das hatte sie ja gleich am Morgen schon mitbekommen.

Außerdem hatte sie herausgefunden, wie die Mädchen den Unfall inszeniert hatten – das war schließlich gar nicht so einfach gewesen. Doro hatte mit ihrem Handy präzise die Ankunft des Rektors angekündigt, der als Raser allgemein bekannt war. Als dieser in seiner gewohnt rasanten Art auf den für ihn reservierten

Parkplatz geschossen war, hatte Nic per Fernsteuerung eine kleine Explosion an einem in der Nähe stehenden Wagen ausgelöst.

Der Knall war laut genug gewesen, um Herrn Schottlock soweit zu verwirren, daß er die Übersicht verloren hatte. Er hatte gebremst und sich umgedreht, und diesen Augenblick hatte Miriam genutzt, um mit der flachen Hand auf seinen Wagen zu schlagen. Als der Rektor daraufhin wieder nach vorn schaute und in die entsetzten Augen von Miriam sah, hatte er tatsächlich geglaubt, er habe einen Unfall verursacht.

Der Rest war einfach gewesen. Anikas Blut war Schminke, und als Schottlock aus seinem Wagen gestürzt war, hatte sie längst, malerisch drapiert, auf dem Boden gelegen.

Ziemlich gut gelungen, die Aktion, fand Katja. Pech war nur, daß sie selbst dabei eine so unglückliche Rolle gespielt hatte.

Miriam, Doro, Nic und Anika waren offenbar eine verschworene Gemeinschaft, und Katja ertappte sich dabei, zu wünschen, dazuzugehören, obwohl sie die Mädchen nicht näher kannte. Aber sie waren wenigstens witzig und trauten sich was. Nicht so wie die schrecklich brave Maren mit ihrer Freundin.

Anika hatte jedenfalls den ganzen Tag ihre Rolle der Verletzten gespielt – zumindest immer dann, wenn der Rektor in der Nähe gewesen war. Der war ein komischer Typ. Daß er sich dermaßen hatte verarschen lassen! Aber er hatte natürlich ein schlechtes Gewissen gehabt, sein Fahrstil war ja auch nicht ohne. Wenn er so weitermachte, würde er eines Tages einen richtigen

Unfall bauen. Außerdem: Sie selbst war ja auch auf die Geschichte hereingefallen, warum hätte es ihm besser ergehen sollen?

»Und wie war's bei dir?« fragte sie ihre Mutter, um von sich selbst abzulenken. Sie hatte keine Lust zu reden; zuhören war besser.

»Ganz gut. Am ersten Tag ist es immer ein bißchen blöd, das weißt du ja. Man hat noch nicht so richtig die Ahnung, wo's langgeht. Aber die Kollegin, mit der ich in einem Büro sitze, macht schon mal einen netten Eindruck, das ist viel wert.«

Frau Krämer hatte eine Stelle als Sachbearbeiterin bei einer großen Firma bekommen, und das war ein Glück gewesen. Ihr alter Chef hatte ihr kündigen müssen, da er seine Firma nicht weiterführen konnte.

»Und dein neuer Chef?«

Ihre Mutter hob die Schultern und lächelte. »Kann ich noch nicht sagen, ich habe ihn heute kaum gesehen. Aber Arbeit ist genug da, das weiß ich schon nach diesem einen Tag. Viel Zeit, um mich einzuarbeiten, werden sie mir nicht zugestehen. Die sind alle froh, daß die Stelle endlich wieder besetzt ist.«

Katja stand auf. »Ich geh' mal telefonieren, ja?«

Ihre Mutter nickte. »Aber nicht zu lange, bitte.«

Auf dem Weg in ihr Zimmer wäre Katja fast über einen der Umzugskarton gefallen, von denen noch einige unausgepackt in der Wohnung herumstanden. Sie waren noch nicht dazu gekommen, alles an seinen Platz zu räumen, es gab ja auch so viel anderes zu tun.

Sie warf sich aufs Bett und wählte Marias Nummer.

Gleich darauf sagte sie: »Hi, ich bin's ... Und – wie geht's Raisulih?«

»Ganz gut.« Marias Stimme klang zögernd. »Ein bißchen Trennungsschmerz, glaube ich.«

Sofort war Katja besorgt. »Was hat er denn?«

»Ach nichts, guckt nur 'n bißchen traurig. Komm, erzähl! Wie ist es so in der großen, weiten Welt?«

»Keine Ahnung«, antwortete Katja und sah sich wieder auf dem Schulhof stehen, von lauter grinsenden Leuten umgeben, die sich über die Neue amüsierten. Sie hatte nicht die Absicht, von ihrem gelungenen Einstand in der Großstadt etwas zu erzählen. »Ich bin ja erst einen Tag so richtig hier. Na ja, hunderttausend Leute und so, kannst du dir doch wahrscheinlich vorstellen.«

»Und die Typen? Da gibt's doch bestimmt jede Menge coole Jungs ...« Marias Stimme klang sehnsüchtig. Katja wußte, daß ihre beste Freundin gern mit ihr getauscht hätte. Maria träumte schon lange von der Großstadt.

»Weißt du was, Kleine?« sagte sie und ließ in ihrer Stimme die ganze Erfahrung von einem Tag Großstadt durchklingen. »Was ich heute gesehen hab', also, da hätte ich auch auf dem Land bleiben können!«

Katja rettet die Fun-Gang

Das erste Wochenende in Essen! Katja bummelte durch die Fußgängerzone und versuchte, sich nicht mehr so fremd zu fühlen. Immerhin gab es hier tolle

Läden, und Anschauen kostete zum Glück nichts. Sie ließ sich einfach hierhin und dorthin treiben, ein bestimmtes Ziel hatte sie ohnehin nicht.

Sie kam zu einem kleinen Platz und wollte schon weiterschlendern, als sie plötzlich stehenblieb. Waren das nicht die Mädels von der Fun-Gang? Ja natürlich, alle auf Inline-Skates, bunt wie immer gekleidet und offenbar gut drauf. Ob sie wieder ›eine Aktion‹ planten?

Irgendwie bin ich immer da, wo sie auch gerade sind, dachte Katja ein wenig mißmutig. Sie würde sich dieses Mal jedenfalls raushalten. Die Sache mit der Mund-zu-Mund-Beatmung hatte ihr gereicht. Trotzdem war sie neugierig, was die vier diesmal vorhatten, denn daß sie einfach, wie andere Leute es vielleicht getan hätten, ein bißchen durch die Gegend fuhren, konnte sie sich eigentlich nicht vorstellen. Die vier schienen ständig etwas zu planen.

Sie drückte sich in den Eingang eines Kaufhauses, von dort aus hatte sie die Mädchen gut im Blick. Sie mußte sich ja nicht bemerkbar machen, sondern konnte sie ein bißchen aus der Ferne beobachten. Sie bemerkte, daß Nic eine Videokamera dabeihatte, die sie übermütig herumschwenkte. Katja achtete sorgfältig darauf, nicht ihr Blickfeld zu geraten. Sie fühlte sich als heimliche Beobachterin sicherer.

Nic tat so, als sei sie eine Moderatorin, die ein großes Spektakel anzukündigen hat: »Guten Tag«, rief sie und fand es offenbar überhaupt nicht störend, daß Leute stehenblieben, um ihr zuzuhören, »wir melden uns hier live vom Austragungsort des Großen Preises von Essen. Mit am Start sind heute ...« – hier wurde ihre Stimme noch lauter – »... Sweet Sugar Miriam, unsere Vizeweltmeisterin!«

Miriam, das Mädchen mit den dunkelblonden Lokken, raste einmal schnell um Nic herum, die ihr mit der Kamera zu folgen versuchte.

»Dann noch Anika, die Wiederauferstandene«, machte Nic weiter, »... und live aus dem Osten und schneller als die aufgehende Sonne: Doro Daitokai! Und natürlich die heimliche Favoritin dieses Rennens: ich selbst, Niki Natsche mit der Fliegenklatsche!« An dieser Stelle hielt sie die Kamera auf sich gerichtet, aber sofort drängten sich die anderen dazu.

Doro deklamierte: »Vor der Schlacht sind alle Sieger – sagt Laotse!« Miriam verkündete siegesgewiß: »Und danach nur noch ich!« Anika umrundete die Gruppe lachend.

Auch Katja auf ihrem geheimen Beobachterposten mußte lachen. Die vier waren echt verrückt! Die Leute standen neugierig um sie herum, einige fragten sogar, was für ein Rennen das denn sei, das hier ausgetragen würde, man hätte ja gar nichts davon gehört, und Nic gab mit unbewegtem Gesicht die absurdesten Auskünfte.

Und dann war der Spuk vorbei. Als habe jemand ein Kommando gegeben, rasten sie auf einmal davon, und Katja konnte ihnen nur noch hinterherblicken.

Schade. Es war lustig gewesen, ihnen zuzusehen, sie hätte das gern noch länger getan. Die vier gefielen ihr, trotz allem. Aber den Gedanken, sich ausgerechnet mit den Mitgliedern der Fun-Gang zu befreunden, konnte sie vergessen – nach dem Einstand, den sie sich geleistet hatte.

Neben ihr standen zwei ältere Frauen, die den davonzischenden Mädchen kopfschüttelnd nachsahen. »Dat müßte verboten werden, müßte dat!« sagte die eine. »Viel zu gefährlich, mitten in 'ne Fußgängerzone!« Die andere nickte nachdrücklich, und Katja bummelte weiter.

Aber sie hatte auf einmal keine Lust mehr und beschloß, nach Hause zu gehen. Die Fußgängerzone kam ihr langweilig vor, nachdem sie der Fun-Gang ein bißchen zugesehen hatte. Sie fühlte sich schrecklich allein, noch viel mehr als zuvor.

Katja hatte bei ihrem Schaufensterbummel zum Schluß nicht mehr auf den Weg geachtet, und so irrte sie zuerst ein wenig umher, bis sie sich erneut orientiert hatte. Aber als sie den richtigen Weg endlich wiedergefunden hatte, kamen ihr die Mädchen der Fun-Gang plötzlich in rasender Geschwindigkeit auf ihren Inline-Skates entgegen.

Wo kamen die denn schon wieder her? Sie lachten, feuerten sich gegenseitig an und kümmerten sich überhaupt nicht darum, daß eine Fußgängerzone eigentlich nicht der geeignete Ort für diese Art von Rennen war. Sie hatten einfach tierisch Spaß, das war ihnen anzumerken.

Katja drückte sich auch diesmal wieder an die Seite, weil sie nicht gesehen werden wollte, und so konnte sie aus nächster Nähe eine weitere ›Aktion‹ der vier erleben. Sie würde aber keine Rolle dabei spielen, das schwor sie sich.

Doro fuhr einem Passanten direkt in die Arme und drehte sich ein paarmal mit ihm um die eigene Achse. Der Mann setzte schon zu einer Schimpfkanonade an, als Doro ihm einfach einen Kuß gab und weiterfuhr. Der Mann sah ihr fassungslos nach. Die anderen lachten, drehten noch eine Ehrenrunde um den Mann und folgten Doro. Nic bemühte sich, mit ihrer Kamera nichts zu verpassen.

Anika warf im Vorbeisausen den Kleiderständer einer Boutique um, ein Passant, der Nic in den Weg geriet, ließ vor lauter Schreck seinen großen Karton mit einem Computer fallen, und Miriam schließlich landete mitten in einem Stand, an dem ein Mann lautstark seine fabelhaften Gemüsehobel anpries. Krachend barch der Stand auseinander und riß Gemüse und Menschen mit zu Boden.

Das Geschrei, das sich daraufhin erhob, war so groß, daß Katja sich nun doch neugierig näher heranschob. Was machten sie denn schon wieder? Wollten sie unbedingt die gesamte Erwachsenenwelt gegen sich aufbringen?

Anika und Doro waren kichernd zu Miriam geeilt, um ihr zu helfen, in dem Durcheinander von Gemüse, Hobeln und schimpfenden Menschen wieder aufzustehen und die wilde Jagd durch Essen fortzusetzen. Offensichtlich amüsierten sie sich noch immer großartig, obwohl der Verkäufer mit anklagender Stimme rief: »Das wird teuer, oh, das wird teuer!«, und trotz der bösen Gesichter der Umstehenden. Es schien ihnen völlig egal zu sein, was die Leute über sie dachten.

Aber auf einmal war schlagartig Schluß mit dem Vergnügen. Ein Polizist auf einem Mountainbike hielt direkt vor den Mädchen und sagte mit schneidender Stimme: »So, meine Damen, der Spaß ist vorbei!«

Katja hatte noch nie einen Polizisten auf einem

Mountainbike gesehen und fand, daß er mit seiner kurzen Radlerhose ziemlich lächerlich aussah. Da halfen auch der böse Blick, die scharfe Stimme und die Waffe nichts, die er trug. Er wirkte einfach nicht wirklich furchteinflößend.

Trotzdem war die Fun-Gang erschrocken, das sah sie. Für einen Augenblick verschlug es den Mädels richtig die Sprache. Aber dann fing Doro an zu kichern, und im selben Moment war es um die anderen natürlich auch geschehen. Sie fingen an, den Polizisten zu umkreisen.

Nic rief: »Hey, so 'nen süßen Bullen hab' ich ja schon lange nicht mehr gesehen!« Sie richtete spielerisch ihre Kamera auf ihn.

»Guckt euch den kleinen geilen Schnäuzer an!« Das war Doro.

Auch Anika wollte nicht zurückstehen: »Und die Waden, perfekt zum Reinbeißen!«

Am weitesten ging Miriam. »O Mann, und so 'n knackiger Arsch!« rief sie und haute ihm auf den Hintern.

Das neue Spiel gefiel ihnen offenbar noch besser als das alte, und nicht nur Katja wartete gespannt darauf, wie der Polizist sich aus dieser Lage befreien würde. Es hatte sich eine dichte Traube von Neugierigen gebildet, von denen nicht wenige hofften, daß die frechen Mädchen endlich ordentlich zurechtgestutzt wurden. Schließlich hatten sie bereits eine Menge Schaden angerichtet. Katja hörte die Leute grummeln, und was sie hörte, klang alles andere als freundlich.

Der Polizist wurde zunehmend nervös. Die vielen Zuschauer paßten ihm nicht, und daß er allein mit diesen vier unverschämten Mädchen fertigwerden mußte, sagte ihm auch nicht zu. Seine Chancen standen nicht allzu gut, das wußte er genau. Ein paarmal rief er wütend: »Das reicht jetzt! Schluß!« Das half ihm jedoch wenig. Die Mädchen machten einfach weiter, und dann überrumpelten sie ihn auch noch und fuhren wie auf ein geheimes Kommando alle zusammen wieder los.

»Halt! Stehenbleiben! Stehenbleiben, hab' ich gesagt!« Der Polizist wandte sich von seinem Fahrrad ab und rannte hinter den Mädchen her. Aber natürlich hätte er keinerlei Chancen gehabt, eine von ihnen zu erwischen, wenn Doro nicht nach wenigen Metern gestolpert und hingefallen wäre. Sofort war er über ihr und hielt sie fest.

Katja hielt unwillkürlich den Atem an. Was nun? Die anderen Mädchen hatten sofort angehalten und kamen zurück, während der Polizist, mittlerweile total sauer, mit den Worten: »Wer lacht jetzt? So, du kleine Schlampe, du kommst mit!«, Doro die Arme auf den Rücken riß, so daß sie sich nicht mehr bewegen konnte. Sie hatte Angst, das konnte Katja sehen.

»Hey, Alter, laß sie sofort los!« rief Miriam empört, und Nic schloß sich ihr an. Ihre Stimme klang richtig drohend, als sie sagte: »Ich warn' dich! Ich zähl' bis drei! Eins ... zwei ... drei ...«

Etwas an ihrer Stimme überzeugte den Polizisten offenbar davon, daß ihm tatsächlich Gefahr drohte. Er ließ von Doro ab, zog seine Dienstwaffe und richtete sie auf die drei Mädchen, die vor ihm standen und sagte: »Stehenbleiben! Keine Bewegung!« Er ließ keinen Zweifel daran aufkommen, daß er es ernst meinte.

In diesem Augenblick war der Spaß dann tatsächlich vorbei. Die Gesichter der Mädchen spiegelten ihre Fassungslosigkeit wider. Das hatten sie nicht gewollt. Warum reagierte der Mann auf einmal so heftig? Sie hatten ein bißchen Spaß haben wollen, nicht mehr und nicht weniger – wieso zog er gleich seine Knarre und spielte Krieg?

In Katjas Kopf überschlugen sich die Gedanken. Die vier steckten in der Klemme, und zwar ziemlich heftig. Konnte sie ihnen helfen? Wenn sie bloß gewußt hätte, wie!

Sie hatte keine genaue Vorstellung von dem, was sie tun konnte, aber trotzdem saß sie auf einmal auf dem Mountainbike des Polizisten. Sie radelte zu ihm und den Mädchen und sagte mit ihrer schönsten Unschuldsstimme: »Entschuldigen Sie, könnten Sie mir vielleicht helfen?« Dazu klingelte sie heftig.

Der Uniformierte ließ sich nur ungern ablenken, wandte aber halb den Kopf. ›Die Polizei, dein Freund und Helfer‹ – dieses Motto hatte er sich wohl so intensiv eingeprägt, daß er auch in dieser für ihn unglücklichen Situation nicht anders konnte, als ihm Genüge zu tun.

»Ja, Sie meine ich!« rief Katja. »Ich versteh' diese komische Gangschaltung einfach nicht!«

Miriam und den andern fielen fast die Augen aus dem Kopf, als sie Katja erkannten, aber natürlich sagten sie kein Wort, sondern starrten wie gebannt auf den Polizisten. Was würde er tun?

Er drehte sich ganz zu Katja um, wenn auch unwillig, denn schließlich war er gerade dabei, jugendliche Rowdies in Gewahrsam zu nehmen. Im selben Augenblick erkannte er sein Dienstfahrrad. Vergessen waren die vier Mädchen, denn das hier war ja noch viel schlimmer: Diebstahl eines Dienstfahrzeugs!

Er konnte unmöglich ohne sein Fahrrad zur Wache zurückkehren. Was würden die Kollegen sagen? Er sprang sofort auf. »Hey, hey, was fällt dir denn ein?! Sofort runter von dem Rad!«

Katja dachte nicht daran, seiner Aufforderung Folge zu leisten, sondern sie stieg in die Pedale und machte es so, wie die Mädchen von der Fun-Gang zuvor: Sie umkreiste den Polizisten, allerdings statt auf Inline-Skates mit seinem eigenen Rad, und fragte unschuldig: »Wieso denn?«

Aus den Augenwinkeln sah sie, daß die anderen Doro in der Zwischenzeit geholfen hatten, wieder auf die Füße zu kommen.

»Weil ...« Der Polizist war kurz davor, endgültig die Nerven zu verlieren. Er wußte nicht mehr, um wen er sich zuerst kümmern sollte. »Halt! Ihr bleibt da stehen! Stehenbleiben!«

Katja streckte ihm als Antwort freundlich die Zunge heraus und fuhr davon. Der Polizist lief einige Meter hinter ihr her, hatte aber natürlich keine Chance. Und in der Zwischenzeit hatten sich die andern ebenfalls mit Leichtigkeit in Sicherheit gebracht.

Katja fuhr, so schnell sie konnte, und war auf einmal richtig glücklich – obwohl sie gar nicht hörte, was Nic einige Zeit später voller Erstaunen und Bewunderung zu den anderen sagte: »Gar nicht so übel, das Landei!«

»War's schön in der Stadt?« fragte Katjas Mutter.

»Mhm, ganz nett!«

»Keine Lust, aufs Land zu fahren und Raisulih zu besuchen?« fragte die Mutter.

Katja schüttelte den Kopf. »Wenn ich jedes Wochenende da rausfahr', gewöhn' ich mich hier nie ein. Wir wohnen jetzt hier, nicht mehr auf dem Dorf. Besser, das gleich zu akzeptieren.«

»Ich dachte ja auch nur, weil es das erste Wochenende ist und so ...«

Ihre Mutter betrachtete sie aufmerksam, Katja machte sofort ein völlig ausdrucksloses Gesicht. Nicht, daß sie glaubte, ihre Mutter könne die Geschichte mit dem geklauten Polizeifahrrad von ihrer Nasenspitze ablesen, aber sie war besser vorsichtig. Denn gefallen, das stand fest, gefallen würde ihrer Mutter diese Geschichte überhaupt nicht.

»Vielleicht nächstes Wochenende«, sagte sie unbestimmt und in der Hoffnung, den prüfenden Blick auf diese Weise zu vertreiben. Dabei wollte sie auch nächstes Wochenende nicht ins Sauerland fahren. Sie wollte hier Freundinnen und Freunde finden und nicht mehr als ›Neue‹ angemacht werden. Außerdem konnte es ja sein, daß der Fahrradklau vielleicht geholfen hatte, die Mund-zu-Mund-Beatmung in Vergessenheit geraten zu lassen. Aber das konnte sie ihrer Mutter nicht sagen, denn die wußte weder von der einen noch von der anderen Geschichte etwas.

Katja konnte sich nur mit Mühe ein Grinsen verkneifen, als sie an den weiteren Verlauf des nachmittäglichen Zwischenspiels denken mußte. Sie hatte das Mountainbike schön ordentlich vor einer Polizeiwache wieder abgestellt. Diese Krone hatte sie dem Ganzen einfach aufsetzen müssen.

Den nachdenklichen Blick ihrer Mutter bemerkte sie nicht. Sie träumte schon wieder, aber nicht, wie am ersten Abend in Essen, von Raisulih und vom Sauerland, sondern von einer Aktion der verrückten Vier, bei der sie mitmachen durfte.

Die eiserne Aufnahmeregel

Es war Montagmorgen, der unbeliebteste Zeitpunkt der Woche. Aber Nic wäre nicht ein Mitglied der Fun-Gang gewesen, wenn sie nicht immer Ideen gehabt hätte, wie ein solcher Morgen ein bißchen aufgepeppt werden konnte.

Sie hatte sich Jürgen als Opfer ausgesucht. Er war ein bißchen jünger als sie und ihre Freundinnen und sah, jedenfalls fanden das die Mitglieder der Gang, extrem dämlich aus mit seiner ›Hilavoku-Frisur‹ – was soviel hieß wie ›hinten lang, vorne kurz‹.

Niemand hatte ihn jemals etwas anderes als den ›Kikker‹ oder den ›Reviersport‹ lesen sehen, und wenn er sprach, dann tat er das geradezu aufreizend langsam über ein einziges Thema, und das war Fußball. Etwas anderes schien es in seinem Leben nicht zu geben. Er war eigentlich nett und hatte noch nie jemandem etwas Böses getan, aber gelegentlich mußte er einfach dran glauben. Und heute war eben wieder einmal so ein Tag, wie geschaffen, um Jürgen einen kleinen Streich zu spielen.

Vor der Schule stand, wie jeden Vormittag, ein uralter Verkaufswagen, den ein Freak namens Marley betrieb. Er nannte sich so, weil er eine entfernte Ähnlichkeit mit Bob Marley hatte – seinen richtigen Namen kannte niemand, aber der war auch nicht wichtig. In seinem Wagen bekam man jedenfalls alles, was Schüler dringend zum Leben brauchten: Kaugummi, Cola und andere Leckereien. Außerdem konnte man bei Marley immer gute Musik hören.

Nic und ihre Freundinnen standen wie üblich vor dem Wagen, rauchten ein bißchen und tranken Kaffee. Die anderen hatten sich auch schon umgesehen und überlegt, was man an diesem öden Morgen tun konnte, um sich für die Woche ein bißchen warmzulaufen, aber sie hatten bisher noch keine Idee gehabt. Als nun Nic langsam in Jürgens Richtung schlenderte, verfolgten sie aufmerksam jede ihrer Bewegungen. Nic hielt ein Feuerzeug in der Hand, aber sie wußten nicht, was sie damit vorhatte.

Jürgen stand an einen Laternenpfahl gelehnt und las aufmerksam im ›Reviersport‹. Er hatte für nichts anderes Augen. Mit unbewegtem Gesicht ging Nic an ihm vorbei und zündete ihm die Zeitung an, ohne daß er es merkte. Die anderen giggelten, Jürgen las noch immer voller Konzentration.

Erst als ihm die Flammen fast die Hände ansengten, ließ er das geliebte Blatt hastig fallen und trat das Feuer dann aus. Er blickte auf, mitten in die feixenden Gesichter von Miriam, Doro, Anika und Nic.

»Is' was, Jürgiiiih?« rief Miriam mit spitzer Stimme, und Anika fuhr fort: »Was guckst du so blöd? Am Wochenende wieder 'nen Ball vor die Birne gekriegt, oder was?«

Jürgen machte ein böses Gesicht, aber ihm fiel so schnell keine Bemerkung ein, die die Mädchen zum Verstummen gebracht hätte. Also beschränkte er sich darauf »Haha, sehr witzig, wirklich!« zu sagen und sich dann möglichst unauffällig davonzuschleichen. Er hätte es niemals zugegeben, aber wenn die Mädchen als Gruppe auftraten, jagten sie ihm Angst ein.

»Mies drauf, was?« rief Miriam. »Nur weil Schalke wieder einen auf den Sack gekriegt hat?«

»Blöde Hühner!« sagte Jürgen, aber er sagte es nicht richtig laut, dazu war sein Respekt vor den vier Mädchen zu groß. Die Mädchen hatten ihn dennoch gehört und gackerten lauthals wie die Hühner hinter ihm her. Jürgen beschleunigte seine Schritte, um sie nicht mehr hören zu müssen.

»Hat eine von euch schon unserer Neue gesehen?« fragte Miriam.

Anika zog die Augenbrauen hoch. »Unsere? Gehört die jetzt etwa schon zu uns?«

»Verwandte Seelen ziehen sich an – sagte Laotse.« Diese Weisheit stammte natürlich von Doro.

»Seit wann bin ich mit einem Landei verwandt?« Die schöne Anika verzog das Gesicht, um anzudeuten, wie wenig ihr eine solche Vorstellung behagte.

Auch Nic ergriff für Katja Partei. »Hör mal, das gestern war doch voll cool von ihr.«

»Purer Zufall«, behauptete Anika und fuhr spöttisch fort: »Die wollte mal Mountainbike fahren. Die kommt doch aus dem Urwald, da gibt's so was noch nicht!«

Allgemeines Gelächter, und Anika war zufrieden. Das fehlte ihr gerade noch, daß Katja mal kurz 'ne Show abzog und dann einfach so in die Gang aufgenommen wurde, wo sie selbst ein Jahr hatte baggern müssen, bis sie akzeptiert worden war.

Die Schulglocke läutete, und sofort kam Bewegung in die Schülermenge. Bis zu diesem Augenblick hatten sich die meisten noch auf der Straße herumgedrückt, aber jetzt strebten sie eilig auf das Schulgebäude zu.

Miriam, Doro, Nic und Anika ließen sich von der allgemeinen Hektik überhaupt nicht anstecken. Sie blieben ganz ruhig stehen, wo sie waren, tranken ihren Kaffee aus, rauchten ihre Zigaretten zu Ende. Es war fast, als ginge die Schule sie überhaupt nichts an, und es gab nicht wenige, die sie für diese coole Haltung bewunderten.

Plötzlich steckte Miriam zwei Finger in den Mund und stieß einen gellenden Pfiff aus. Auf der anderen Straßenseite kam Katja angerast – wie so oft in der allerletzten Minute. Miriam winkte ihr zu, was Anika voller Ärger zur Kenntnis nahm. Sie war der Ansicht, daß man der Neuen bereits genug Aufmerksamkeit gewidmet hatte.

Miriam war offenbar völlig anderer Ansicht, denn sie rief: »Katja, komm doch mal rüber!«

»Geht ihr nicht rein?« rief Katja unschlüssig zurück. Sie war bisher immer eine ziemlich pflichtbewußte Schülerin gewesen. Etwas anderes wäre ihr gar nicht in den Sinn gekommen.

»Ach, die kommen im Augenblick auch ohne uns klar!« meinte Nic übermütig, und auch Doro grinste freundlich in Katjas Richtung. Da blieb Anika nichts anderes übrig, als gute Miene zum bösen Spiel zu machen und ihren Groll hinunterzuschlucken. Ihr

Lächeln war allerdings nicht ganz so strahlend wie sonst, es wirkte etwas gequält.

Katja konnte es noch gar nicht fassen, daß die Mädchen sie wirklich gerufen hatten. Sie überquerte die Straße und ging auf die vier zu. Auf einmal hatte sie es überhaupt nicht mehr eilig. Na bitte, dachte sie. Wer sagt's denn? Ist doch gar nicht so schwierig, in der großen Stadt Freunde zu finden.

Einige Tage später schwänzte Katja schon wieder den Unterricht. Kaum bin ich in Essen, dachte sie vergnügt, schon nehme ich die schlechten Sitten der Großstädter an. Es war bereits das dritte Mal in dieser Woche. Trotzdem hatte sie kein schlechtes Gewissen. Was Maria wohl dazu gesagt hätte? Oder die anderen aus der Clique im Sauerland? Den Kommentar ihrer Mutter stellte sie sich lieber nicht vor, die hätte ihr bestimmt was anderes erzählt, wenn sie geahnt hätte, was ihre Tochter machte.

Katja war mit Miriam, Nic, Doro und Anika unterwegs und folgte den vier Mädchen neugierig. Sie hatten ihr nicht verraten, wohin es gehen sollte. Das war auch nicht wirklich wichtig, denn eigentlich zählte nur eins: Katja sollte heute in die Gang aufgenommen werden! Das war alles, was die anderen Katja gesagt hatten, über den Rest hatten sie sich eisern ausgeschwiegen.

Es gab offenbar ein Ritual, das erforderlich war, um in den Stand der Mitgliedschaft der Fun-Gang gehoben zu werden, und auf dieses Ritual war Katja sehr gespannt. Eine Mutprobe? Wenn sie sich überlegte, was sie von den vier Mädchen bisher wußte, klang das mehr als wahrscheinlich. Irgendeine Aktion planten sie immer, und dabei konnten sie natürlich kein Mitglied gebrauchen, das nicht wirklich gut zu ihnen paßte. Sie mußten sicherstellen, daß Katja nicht doch das unbedarfte Landei war, als das sie sich zuerst präsentiert hatte.

Sie durchquerten die weiträumigen Hallen eines japanischen Lebensmittelgroßhandels, und Katja wunderte sich immer mehr. Was wollten sie denn bloß hier? Hier konnten doch unmöglich Mutproben stattfinden! Aber sie mußten wohl auf dem richtigen Weg sein, denn es gab kein Suchen, keine Unsicherheit. Doro lief zielstrebig voran, und die anderen folgten ihr, ohne zu zögern. Sie waren ganz offensichtlich nicht zum erstenmal hier.

Endlich öffnete Doro eine Tür und winkte die anderen herein. Eine nach der anderen schlüpften sie in den kleinen Raum, dann schloß Doro die Tür hinter ihnen. Es war eisig kalt hier drin, und Katja begriff, daß es ein Kühlraum sein mußte. Schaudernd fuhr sie sich mit den Händen über die Arme. Sie hatte bereits Gänsehaut, dabei waren sie gerade erst angekommen. Den anderen erging es nicht besser. Das mußte ja eine ganz besondere Art von Mutprobe sein, die sie mit ihr vorhatten!

Nic, Doro und Anika streiften sich mit ernsten Gesichtern Handschuhe über. Dann griffen sie in die Truhe und holten einen riesigen, stacheligen, abgrundtief häßlichen Fisch heraus, den sie so hielten, daß Katja ihm direkt in die toten Augen sehen mußte. Sein großes

Maul war aufgerissen, so daß man tief in seinen rosa Rachen blicken konnte.

Katja fand ihn ziemlich eklig, aber sie wußte nicht, ob es gestattet war, sich einfach abzuwenden, deshalb sah sie den Fisch genauso starr an wie er sie. Ihre Zähne klapperten leise vor Kälte, auch die anderen froren. Katja fragte sich, warum sich die vier nicht wärmer angezogen hatten. Sie hatten schließlich vorher gewußt, wohin sie gehen würden.

Miriam stellte sich neben sie und hielt ein großes, in Leder gefaßtes Buch in der Hand. Doro war ziemlich nervös und sah ständig zur Tür. Das war für Katja vollkommen unverständlich. Schließlich war es ja nicht Doro, die eine Mutprobe zu bestehen hatte! Bevor sie fragten konnte, flüsterte Miriam ihr zu: »Es ist der Laden ihres Vaters. Wir haben immer Angst, daß er uns mal erwischt. Dann ist garantiert die Hölle los.«

Das erklärte natürlich alles, aber es gab keine Zeit mehr, dieses Thema zu vertiefen, denn die Aufnahmeprozedur begann mit aller Feierlichkeit, die die Temperatur zuließ. Miriam sprach die Schwüre mit klarer, ernster Stimme vor, und Katja wiederholte sie Wort für Wort.

Die Zeremonie ging schneller vorüber, als sie befürchtet hatte, das lag vermutlich daran, daß es alle wieder nach draußen in die Wärme zog. »Und nun der letzte Schwur. Gesetz drei: Keine Geheimnisse! Ich schwöre, der Fun-Gang alles, aber auch wirklich alles zu erzählen.«

»Ich schwöre«, sagte Katja, fand jedoch, daß die Gang ziemlich viel verlangte. Aber sie dachte natürlich trotzdem nicht daran, einen Rückzieher zu machen. Die anderen hatten ja den gleichen Eid geschworen, und wenn sie sich zutrauten, die Gesetze einzuhalten, dann traute Katja es sich auch zu.

»Okay, Katja!« Doro sah erleichtert aus. Jetzt bloß schnell raus hier, damit ihr Vater sie nicht doch noch in letzter Sekunde erwischte, wie sie mit ihren Freundinnen obskure Rituale in seinem Kühlraum vollzog. Er hätte mit Sicherheit den Glauben an die Menschheit verloren. Und das wollte sie ihm nicht antun, sie mochte ihren Vater gern. Man konnte nur leider nicht über alles mit ihm reden – aber dieses Problem gab es, soweit sie das überblickte, mit den weitaus meisten Vätern.

»Du darfst den Fisch jetzt küssen!«

Katja glaubte, sich verhört zu haben. Sie verzog das Gesicht und sah das Monster mit dem aufgerissenen Rachen schaudernd an. Die anderen quittierten ihre Reaktion mit breitem Grinsen. Spaß für die einen und ein bißchen Ekel für die anderen mußte hin und wieder sein.

»Küssen?« fragte Katja. »Muß ich?«

Alle nickten nachdrücklich.

Ihr alle, die ihr es je gut mit mir gemeint habt, steht mir jetzt bei, dachte Katja und ergriff den kalten Fisch beherzt. Sie versuchte, die glotzenden Augen und die rosa Innenansicht zu ignorieren, hielt die Luft an und drückte dem Riesenviech rasch einen Kuß auf den oberen Teil seines verzweifelt aufgerissenen Mauls. Es war sehr kalt.

»Bravo!« rief Miriam, und alle applaudierten – bis auf Anika, aber das fiel den anderen gar nicht auf. Sie waren zu sehr damit beschäftigt, ihre kalten Arme zu reiben.

»Hiermit«, fuhr Miriam fort, »erkläre ich Katja zum

vollwertigen Mitglied der Fun-Gang.« Sie streifte ihr ein Lederhalsband mit einem runden Anhänger über den Kopf. Nun wurde Katja von jedem einzelnen Mitglied der Gang mit einer herzlichen Umarmung willkommen geheißen.

Als die Reihe an Anika war, trat sie nicht auf Katja zu, sondern machte ein besorgtes Gesicht. »Sagt mal«, fragte sie scheinheilig, »haben wir nicht noch irgendwas vergessen?«

Die andern sahen sich verwundert an. Niemand wußte, worauf Anika hinaus wollte. Nic und Doro zuckten mit den Schultern. Miriam fragte: »Was denn?«

»Die eiserne Aufnahmeregel.« Anika klang ein wenig überheblich, als sie das sagte.

»Hä?« Nic war anzusehen, daß sie nur ›Bahnhof‹ verstand. »Welche eiserne Aufnahmeregel denn?«

Die Augen aller Anwesenden waren fragend auf Anika gerichtet. Katja fragte sich, ob das vielleicht zum Aufnahmeritual gehörte: Verunsicherung eines neuen Mitglieds, um zu testen, wie streßanfällig es war. Sie beschloß, völlig ruhig zu bleiben.

»Mitglied kann nur werden, wer eine *richtige* Frau ist ...« Anika sprach sehr langsam und betont. Das Wort ›richtige‹ hob sie ganz besonders hervor.

»Ach so, die ...«, sagte Miriam gedehnt. Sie klang nicht begeistert.

Katja stellte sich in Positur – Brust raus – und fragte kokett: »Gibt's da Zweifel?« Die anderen erwiderten ihr breites Grinsen – alle, bis auf eine.

»Es geht nicht darum, daß du eine Frau bist, sondern eine *richtige*«, erklärte Anika, diesmal mit einem deutlich herablassenden Unterton.

Katja stand noch immer auf der Leitung, während die anderen offenbar allmählich zu ahnen schienen, worauf Anika hinauswollte. Jedenfalls wechselten sie ein paar betretene Blicke. Worum, zum Teufel ging es denn bloß? Hilfesuchend sah Katja einmal in die Runde und fragte, allerdings nach wie vor ziemlich unbekümmert: »Gibt's auch falsche?«

Endlich hatte Doro Erbarmen und klärte sie auf. »Es geht darum, daß du keine Jungfrau mehr sein darfst!«

»Also darum«, fügte Nic hinzu, »daß du es schon mal getan hast!«

»Na«, stellte Miriam seelenruhig fest, »das wird ja wohl kein Problem sein, oder?«

Katja war völlig fassungslos, und es gelang ihr auch nicht, das vor den anderen zu verbergen.

»Und?« erkundigte sich Anika scheinheilig. »Hast du?«

Hatte sie? Vier Augenpaare sahen sie gespannt an. »Na ja«, Katjas Antwort kam zögernd. »So ein bißchen ...«

Anika witterte ihre Chance, die ungeliebte Neue in der Gang wieder loszuwerden, bevor sie überhaupt richtig dazugehört hatte. »Was soll das denn heißen: ein bißchen? Ein bißchen gibt's nicht. Hast du oder hast du nicht?« Ihre Stimme war streng, der bevorstehende Triumph klang schon durch.

Wieder ruhten alle Augen auf Katja, und nun endlich gab sie sich einen Ruck. »So richtig nicht«, gestand sie, und alle stöhnten auf, als habe sie ihnen etwas Schreckliches mitgeteilt.

Anika zeigte sich aufrichtig entsetzt. »Ich hab's geahnt, 'ne richtige Jungfrau!« stieß sie hervor, als könne sie sich beim besten Willen nichts Schlimmeres vorstellen.

Der Schock, den ihr Katjas Worte versetzt hatten, hatte Doro die Angst vor ihrem Vater völlig vergessen lassen. Sie streichelte den Fisch und sagte mitfühlend: »Du Ärmster – von einer Jungfrau geküßt!«

»Und was machen wir jetzt?« fragte Nic.

Miriam war die einzige, die sich nicht aus der Ruhe bringen ließ. »Na, der Makel läßt sich doch nun wirklich leicht beseitigen.« Sie wandte sich Katja zu, die noch immer nicht wußte, ob die Mädchen es ernst meinten oder sie sie nur auf den Arm nehmen wollten. »Paß auf, du schnappst dir 'nen Typen, bringst es hinter dich, und dann bist du Mitglied der Gang. Ist schließlich ganz einfach.«

Sie meinten es ernst! Zumindest wirkte es auf Katja so, auch wenn sie es eigentlich nicht glauben konnte. So etwas gab es doch gar nicht! »Das soll 'n Witz sein, oder?« fragte sie und hoffte, daß die anderen endlich in befreites Gelächter ausbrachen und ihre Vermutung bestätigten. Aber nichts dergleichen passierte.

Völlig ernsthaft stellte Doro statt dessen fest: »Gesetz ist Gesetz.«

Nun wollte Katja es aber ganz genau wissen. »Ihr glaubt im Ernst, daß ich mit irgendeinem Typen rummache, nur weil ihr das sagt?« rief sie und ließ keinen Zweifel daran aufkommen, daß sie diese Vorstellung eigentlich für völlig unmöglich hielt.

Anika grinste einmal in die Runde. »Ein bißchen zickig, unsere Jungfrau, was?«

Nic streifte Katja ohne viele Umstände den Anhänger wieder über den Kopf und nahm ihn an sich. Eine Jungfrau konnte in der Gang nicht geduldet werden.

Nun reichte es Katja endgültig. »Was glaubt ihr eigentlich, wer ihr seid?« rief sie wütend und funkelte die anderen der Reihe nach an. Dann drehte sie sich auf dem Absatz um und marschierte Richtung Tür. Bevor sie den Raum verließ, wandte sie sich aber noch einmal um. »Und soll ich euch mal was sagen?«

Die vier warteten gespannt darauf, was Katja ihnen zum Abschied noch an den Kopf werfen wollte, aber sie entschied sich anders. Sie machte eine wegwerfende Handbewegung und sagte verächtlich: »Ach, vergeßt es.« Sie riß die Tür auf und stürmte nach draußen.

Sie sah weder die etwas betretenen Gesichter der zurückbleibenden Gangmitglieder – nur Anika wirkte ausgesprochen zufrieden –, noch bemerkte sie, daß ihr übereilter Abgang ein Opfer forderte: Der Junge, der ihr schon an ihrem ersten Schultag durch seine Profikamera aufgefallen war, mit der er auf dem Schulhof die Aktion der Gang fotografiert hatte, hatte gelauscht und nicht mit diesem vorschnellen Ende der Aufnahmezeremonie gerechnet. Die Tür, die Katja temperamentvoll aufstieß, traf ihn mit voller Wucht. Das Gesicht schmerzverzerrt, hielt sich der Junge beide Hände an den Kopf.

Der Junge war zwölf Jahre alt, hieß Bert und war Doros jüngerer Bruder – aber das wußte Katja zu diesem Zeitpunkt noch nicht. Bert sollte erst später in ihr Leben treten, freilich anders, als es ihm das lieb gewesen wäre.

Fest stand, daß dieser Zusammenprall, von dem Katja nicht das geringste bemerkte, der Anfang von Berts schrankenloser Bewunderung für sie war. Er sah ihr nach, wie sie voller Zorn davonstürmte, und sagte andächtig: »Wow, was für eine Frau!«

Es gibt auch noch andere Girls – oder?

Nach dem Erlebnis im Kühlhaus war Katja restlos bedient. Dann blieb sie eben für sich! Sie würde ihrer Mutter vorschlagen, am Wochenende aufs Land zu fahren. Sie würde Raisulih wiedersehen, Maria und die anderen – und die Fun-Gang würde die gleiche Rolle in ihrem Leben spielen wie bisher, nämlich gar keine.

Aber obwohl sie tapfer versuchte, sich auf das Wochenende zu freuen, es wollte ihr nicht gelingen. Der Ärger saß tief – sie wußte nicht, auf wen ihre Wut am größten war. Auf die Fun-Gang und darauf, daß Miriam, Nic, Doro und Anika sich eingebildet hatten, ihr Vorschriften machen zu können – oder auf sich selbst, weil sie sich ›deshalb‹ so angestellt hatte. Was war schon dabei, wenn sie endlich keine Jungfrau mehr war? Irgendwann mußte es ja sowieso sein, sie konnte es genauso gut bald hinter sich bringen.

Ach, sie wußte selbst nicht, was sie eigentlich wollte. Jedenfalls war sie nach der mißglückten Aufnahmezermonie genauso allein wie an ihrem ersten Tag in Essen – mit dem Unterschied allerdings, daß sie es jetzt noch schlimmer fand, weil sie fast Freundinnen hier gehabt hätte. Aber eben nur fast.

Sie trödelte ein bißchen, als sie aus der Schule kam und hielt unauffällig Ausschau nach den anderen. Konnte ja sein, daß sie ihnen zufällig über den Weg lief und daß sie mittlerweile ihre Meinung geändert hatten. Möglich war es immerhin, wenn sie auch nicht wirklich daran glaubte.

Tatsächlich, da vorn standen Miriam, Nic und Doro bei dem blonden Jungen, der sie an ihrem ersten Tag nach der Schule angesprochen hatte. Sie hatte ihn ziemlich angemacht, das wußte sie noch. Dabei sah er wirklich nett aus: blonde Haare, schöne Augen, gute Figur. Er hieß Marc, das wußte sie mittlerweile.

Von hinten legte sich ein Arm auf ihre Schulter, und Anika sagte: »Fand ich echt cool von dir, wie du dich gestern entschieden hast.«

Katja sah sie skeptisch an. Sie traute Anika nicht, irgendwie wurde sie das Gefühl nicht los, daß die andere sie nicht in der Gang haben wollte. Die Sache mit der Jungfrauenregel hatte sie allein zur Sprache gebracht, während die anderen Mühe gehabt hatten, sich überhaupt daran zu erinnern. »Echt?« fragte sie.

»Klar!« versicherte Anika, und Katja hätte ihr nur zu gern geglaubt. Anika sah super aus, wie immer. Sie trug ein knappes, bauchfreies Top in strahlendem Gelb, das sowohl ihre hübsche Bräune als auch die hellblonden Haare höchst wirkungsvoll unterstrich. »Okay, jetzt bist du zwar kein Mitglied der Fun-Gang, aber beim ersten Mal darf man sich nicht stressen lassen. Da muß einfach alles stimmen. Schließlich gibt's das nur einmal im Leben!«

Sie schien genau zu wissen, wovon sie sprach, und wider Willen wurde Katja neidisch. Warum konnte sie das nicht auch so locker sehen? Auf einmal war ihr ganzer Ärger verflogen. Sie wollte zur Gang gehören! Dafür konnte sie doch wohl ein kleines Opfer bringen.

Sie sah zu den anderen hinüber und stimmte Anika hastig zu: »Klar!« Dann fragte sie scheinbar gleichgültig weiter: »Sag mal, habt ihr heute nachmittag schon was vor?«

Anika lächelte überlegen. »Wir haben immer was vor. Aber ›for members only‹ – mach dir nichts draus. Schließlich gibt's ja noch 'ne Menge anderer Girls hier, nicht, Maren?«

Vor ihnen stand Maren, die genauso gut in der Schule war, wie Katja vermutet hatte, als sie sie zum erstenmal gesehen hatte. Auch heute war Maren wieder wie aus dem Ei gepellt. Zwar trug sie die angesagten Klamotten, aber sie wirkten an ihr völlig anders als an den anderen. Alles sah irgendwie wie frisch gestärkt und gebügelt aus.

Anika winkte ihnen ein wenig herablassend zu, sagte zum Abschied: »Dann noch viel Spaß zusammen«, und eilte über die Straße zu den anderen. Katja sah ihr neidisch nach. Wie gerne wäre sie einfach mitgegangen.

Statt dessen stand sie hier mit dieser langweiligen Maren, für die sie sich überhaupt nicht interessierte.

Maren schien von Katjas unterschwelliger Abneigung nichts zu bemerken. Sie sagte überaus freundlich: »Hallo, Katja.«

»Hi!« antwortete Katja lahm. Sie schaffte es einfach nicht, auch nur ein bißchen Begeisterung in ihre Stimme zu legen.

»Sag mal«, fragte Maren und lächelte gewinnend, »hast du heute nachmittag schon was vor?«

Es gab kein Entrinnen! Katja schüttelte verzweifelt den Kopf.

Katja kam sich vor wie auf einem Kindergeburtstag. Marens Zimmer war ganz in Rosa gehalten, an den Wänden hingen Poster der Kelly-Familiy und von irgendwelchen anderen Berühmtheiten, die Katja völlig unbekannt waren, und Maren und Iris bemühten sich auf einem ebenfalls rosafarbenen Sofa, ihre Mütter als perfekte Gastgeberinnen zu übertreffen.

»Möchtest du noch Kaffee?« fragte Maren zum Beispiel mit ihrem freundlichen Lächeln bereits zum zweiten Mal, und Iris reichte eine scheußliche rosafarbene Schale mit Gebäck herum. Katja ertappte sich dabei, daß sie das Gebäck anstarrte und sich wunderte, daß es nicht ebenfalls rosa war.

Das schlimmste war, daß der Fernseher lief und daß es offenbar keine Möglichkeit gab, das Ding einfach abzuschalten und sich zu unterhalten. Vielleicht hätte sie auf diese Weise etwas Interessantes erfahren können. Aber Fernsehen! Katja machte sich nicht besonders viel daraus. Manchmal war es ganz nett, wenn man einfach mal abhängen wollte, aber das war's dann auch, fand sie.

Doch im Lauf der letzten Viertelstunde hatte sie begriffen, daß es eine Ehre war, mit Maren und Iris zusammen ihre Lieblingsserie anschauen zu dürfen – von der sie natürlich bisher genauso wenig gehört und gesehen hatte wie von den meisten Leuten auf den Postern um sie herum.

Sie überlegte krampfhaft, wie sie der Situation entfliehen konnte, ohne die beiden allzu heftig vor den Kopf zu stoßen, aber bisher war ihr nichts eingefallen, zumal Iris nun eine besorgte Diskussion mit Maren über die Fernsehserie führte. »Hoffentlich komme ich da überhaupt noch rein, Maren. Ich habe doch gestern zehn Minuten verpaßt!«

Das schien ein ziemlich großes Unglück zu sein, soviel verstand Katja, aber Maren, die immer Freundliche, tröstete ihre beste Freundin sofort. Sie schien tatsächlich die richtigen Worte zu finden, denn Iris entspannte sich sichtlich. »Paß auf, der Bruder hat jetzt doch kein AIDS, sondern nur Knochenkrebs, aber er ist gar nicht wirklich der Bruder ...«

Diese hochinteressanten Ausführungen wurden durch ein Hupkonzert von ungeheurer Lautstärke unterbrochen. Maren und Iris eilten sofort zum Fenster, um festzustellen, was los war. Auch Katja war neugierig und folgte ihnen.

Auf der Straße rollte ein uraltes Mercedes-Cabrio vorbei – ein richtiges Traumauto. Darin saß die komplette Fun-Gang. Der Wagen wurde von Nic gefahren, neben ihr saßen Anika und Doro, während Miriam in einem rasant ausgeschnittenen Kleid ganz allein oben auf der Rücklehne der Rückbank saß und sich benahm wie die Königin von England: Sie grüßte und winkte huldvoll nach allen Seiten.

Die vier hatten ganz offensichtlich einen Riesenspaß bei der Sache und winkten fröhlich nach oben, wo Maren, Iris und Katja am Fenster standen. Neben dem Coupé fuhren drei Jungs auf Motorrollern her, die den Mädchen bewundernde Blicke zuwarfen und versuchten, ihre Aufmerksamkeit durch riskante Fahr-

50

manöver zu erringen. Sie hatten natürlich keine Chance.

Katja zerriß es fast das Herz. Hier saß sie in diesem albernen rosa Zimmer mit den zwei überaus gut erzogenen Mädchen und langweilte sich zu Tode, während sich draußen vor der Tür das wahre Leben abspielte! Sie tat sich selbst leid.

Immerhin vergaß Maren für Sekunden, wie gut sie erzogen war, und sagte in äußerst abfälligem Ton: »Sieh dir die an!«

»Die Angeber-Gang!« fiel Iris ein, im gleichen Tonfall.

»Fahren wieder mit dem Auto von Miriams Vater rum!«

Iris drängelte sich ganz nach vorn ans Fenster. »Laß mal sehen! Welche Typen sind denn diesmal dran?«

Noch immer klang Marens Stimme abfällig. »Sind doch sowieso immer andere. Die gehen ja mit jedem ins Bett!«

»Quatsch!« sagte Katja, die das Bedürfnis hatte, die Gang zu verteidigen, aber Maren und Iris wechselten nur einen bedeutungsschweren Blick.

Katja schlief schlecht in dieser Nacht. Wieder und wieder saß sie in dem rosaroten Zimmer und mußte Maren und Iris bei ihren stinklangweiligen Gesprächen zuhören, ohne daß es ihr gelang, aufzuwachen und dem Spuk ein Ende zu bereiten. Dabei wußte sie, zumindest am Anfang, ganz genau, daß sie alles nur träumte!

Aber je länger die Nacht dauerte, desto mehr war sie davon überzeugt, alles wirklich zu erleben. Sie träumte gar nicht, sondern sie befand sich auf einer Zeitreise. Eben noch hatte sie gehört, wie Maren gesagt hatte: »Also, ich würde das nie machen, ich warte bis der Richtige kommt, und dann, wenn ich so richtig verliebt bin ...«

Hier war ihr Iris ins Wort gefallen: »Also, ich warte bis zur Hochzeitsnacht, das ist dann so richtig schön romantisch ...«

Schon waren die beiden rasant gealtert und saßen nun als mittlerweile reife fünfzigjährige Damen im gleichen rosa Zimmer. »Siehst du, Maren«, sagte die fünfzigjährige Iris, »ich habe dir doch immer gesagt, Eckbert ist nicht der Richtige für dich! Wie gut, daß du nicht gleich mit ihm ins Bett gegangen bist!«

Und die reife Maren, die merkwürdigerweise die gleichen Klamotten anhatte wie die junge Maren, stimmte ihr eifrig zu: »Ja, stell dir das mal vor!« Sie schauderte regelrecht. »Stell dir vor, ich hätte mich gleich so weggeworfen!«

Katja stöhnte im Traum, aber es gab keine Pause. Schon sah sie die beiden als siebzigjährige Nonnen auf sich zukommen. Milde sagte Maren: »Hallo, Schwester Katja! Herzlich willkommen im Orden der ewigen Jungfrauen.«

Und Iris säuselte: »Wie schön, daß du zu uns gehören möchtest!«

An dieser Stelle wurde sie von Maren unterbrochen, die mit strenger Stimme forderte: »Aber erst mußt du den Fisch küssen!« Und sie hielt Katja den häßlichen großen Fisch mit dem weit aufgerissenen Maul und dem rosa Rachen entgegen.

Darüber erschrak Katja so heftig, daß sie laut aufschrie und endlich, endlich aufwachte. Sie saß zitternd im Bett, der Schweiß lief ihr die Stirn herunter. Direkt vor ihr auf der Bettdecke lag ihr großer Plüschdrache mit seinen großen Zähnen und sah sie an. Sie liebte ihn eigentlich, aber nach diesen Alpträumen packte sie ihn mit beiden Händen und warf ihn aus dem Bett. Sie aber auch so zu erschrecken!

Vorsichtig wurde die Tür zu ihrem Zimmer geöffnet, und ihre Mutter kam herein, in einem kurzen blauen Nachthemd und völlig verschlafen. Ihr Gesicht spiegelte Besorgnis wider. »Katja? Was ist los? Warum schreist du denn so? Schlecht geträumt?«

»Mhm«, machte Katja, die sich schon fast wieder beruhigt hatte. »Irgendwas von so 'nem ekligen Fisch.«

»War bestimmt das Abendessen«, vermutete ihre Mutter. »Mir liegt der Hering auch noch schwer im Magen.«

Das hatte sie eigentlich nicht gemeint, aber Katja verzichtete darauf, ihre Mutter aufzuklären. Manchmal war es besser, wenn Mütter nicht allzu gut über ihre Töchter Bescheid wußten.

Probezeit

Katja wußte nicht, wie sie den Kontakt zur Fun-Gang möglichst unauffällig wieder herstellen sollte. Sie wollte nicht einfach klein beigeben und sagen: ›Ich hab's mir überlegt, ich mach's‹ – schließlich hatte sie ja eine ganz schöne Show abgezogen, weil sie anderer Meinung gewesen war. Aber Tatsache blieb, daß die Girls von der Fun-Gang weit und breit die einzigen waren, die sie interessant fand. Noch so ein Nachmittag wie der mit Miriam und Iris, und sie würde schreiend die Stadt verlassen, soviel war klar.

In Gedanken versunken, ging Katja auf die Toiletten zu – dort hatte man in den Pausen wenigstens ein bißchen Ruhe zum Nachdenken. Aber den gleichen Gedanken hatten wohl auch noch andere gehabt. Auf einer der Toiletten schien eine Party im Gang zu sein, man hörte unterdrücktes Gekicher und Geflüster. Und außerdem stand noch jemand vor einem der Spiegel.

Zu ihrer Freude stellte Katja fest, daß es Miriam war, die sich gerade einen ziemlich schrillen Lidschatten auftrug, der ihr sehr gut stand.

Katja stellte sich an das benachbarte Waschbecken, sagte: »Hallo«, was Miriam genauso beantwortete und fummelte dann verlegen an ihren Haaren herum. Sie schminkte sich nie und hatte nicht einmal einen Lippenstift bei sich. Schließlich gab sie sich einen Ruck, drehte sich zu Miriam um und sagte bewundernd: »Wow, das ist ja ein geiler Lidschatten!«

»Willst du auch mal?« fragte Miriam.

Aus dem Hintergrund war wieder Gekicher zu hören. Allmählich fragte sich Katja, wer da eigentlich was in dieser Toilette machte. Es mußten mindestens drei oder vier sein, die sich da versteckt hatten. Die sollten sich bloß nicht erwischen lassen! Sie nickte auf Miriams Frage und schloß die Augen.

Miriam machte sich an die Arbeit, und Katja überlegte verzweifelt, wie sie das Thema Fun-Gang anschneiden sollte. Dies war eine einmalige Gelegenheit, und sie ließ sie ungenutzt verstreichen, weil ihr nichts einfiel. Das gab's doch gar nicht, sie war sonst schließlich auch nicht auf den Mund gefallen!

»Und?« fragte Miriam.

Katja öffnete die Augen und wandte sich ihrem Spiegelbild zu. Sie verrieb den Lidschatten noch ein wenig, dann sagte sie: »Sieht klasse aus!«

Miriam lächelte in sich hinein und sah ihr zu, wie sie wieder anfing, sich mit ihrem Haar zu beschäftigen. Schließlich erlöste sie Katja und sagte freundlich: »Ich meine doch nicht den Lidschatten! Hast du's dir noch mal überlegt?«

Plötzlich klopfte Katjas Herz ganz schnell. »Was?« fragte sie.

Nun fing Miriam an zu lachen. »Ja, was wohl?!«

Damit war das Eis gebrochen, und Katja lachte mit ihr. Sie war so unglaublich erleichtert! »Ach das!« sagte sie dann völlig gelassen. »Hm, ja, hab' ich, und ich denke, ich kann's ja mal probieren.«

»Sag' ich doch!« Miriam grinste zufrieden

In diesem Augenblick flog die Klotür auf, hinter der vorher das Kichern zu hören gewesen war, und Nic, Doro und Anika kamen jubelnd heraus. Katja war ganz perplex und begriff noch immer nicht ganz, wie ihr eigentlich geschah. Ihr fiel nur auf, daß Anikas Euphorie etwas gedämpft wirkte, aber Nic und Doro freuten sich für drei!

»Alles klar für eine Nottaufe!« rief Miriam, der die Situation großen Spaß bereitete. Die anderen schnappten sich die völlig überraschte Katja und stellten sie mit bloßen Füßen in eine Kloschüssel, in die Nic einen Eimer Eiswürfel kippte. Doro zauberte eine Packung Fischstäbchen aus ihrer Tasche, und Anika überreichte Miriam mit feierlicher Geste das Buch der Fun-Gang.

Miriam stellte sich in Positur und erhob die Stimme: »Hiermit erklären wir, die Fun-Gang, Katja zum Mitglied auf Probe. Sie hat bis zu den Sommerferien Zeit, die eiserne Aufnahmeregel zu erfüllen!« Erneut bekam Katja das Halsband mit dem Anhänger über den Kopf gestreift, das Nic ihr beim letztenmal so plötzlich wieder abgenommen hatte.

Nic sah auf ihre Uhr und rechnete kurz. »Das sind genau vier Wochen, zwei Tage, achtzehn Stunden und sechsundzwanzig Minuten, Katja. Also halt dich ran!«

Daraufhin riß Doro die Packung Fischstäbchen auf und rief: »Du darfst den Fisch jetzt küssen.«

»Ihr meint wohl, ich muß!« rief Katja lachend, denn das kannte sie ja nun schon.

Wieder war es Anika, wie schon beim letztenmal, die die allgemeine Ausgelassenheit zu dämpfen wußte. Sie hatte Miriam das Buch abgenommen, eine Weile darin herumgeblättert und las nun laut daraus vor: »Schafft sie es in dieser Zeit jedoch nicht, so ist sie für immer draußen!«

Es herrschte ungefähr eine Sekunde lang betretenes Schweigen, dann sagte Miriam überzeugt zu Katja: »Du schaffst das!«

»Genau!« antwortete Katja und bemühte sich, ihre Stimme nicht allzu verzagt klingen zu lassen. »Wird sowieso langsam Zeit.«

Doros jüngerer Bruder Bert hatte auch diesmal wieder gelauscht. Lauschen war seine Leidenschaft, und seit er sich in Katja verliebt hatte, folgte er ihr, wann immer er konnte. Die Vorgänge auf der Mädchentoilette der Schule hatte er von außen abgehört, mit Hilfe eines Stethoskops. Erfinderisch war er schon immer gewesen.

Aber auch diesmal bekam er das plötzliche Ende der Veranstaltung nicht rechtzeitig mit. Katjas letzte Bemerkung fand er sehr richtig und kommentierte sie gerade mit einem nachdrücklichen »Genau!«, als sich auch schon völlig unvermutet die Tür öffnete und ihm erneut so heftig an den Kopf flog, daß er Katjas Verfolgung erst mit einiger Verspätung aufnehmen konnte.

Das Glück war an diesem Tag nicht auf seiner Seite: Bert erwischte Katja nicht mehr. So wartete er denn am folgenden Tag gegen Abend direkt vor ihrer Haustür auf sie. Seinen Fotoapparat trug er wie immer um den Hals, an der Stirn hatte er eine unübersehbare Beule, und in der Hand hielt er ein Kondom und betrachtete es prüfend von allen Seiten.

Als Katja auftauchte, schaffte er es gerade noch, es unauffällig in seiner Jackentasche verschwinden zu lassen. Dann spuckte er noch schnell in die Hände und brachte seine widerspenstigen Haare in Ordnung. Erst, als das erledigt war, sprang er auf und begrüßte Katja, mit der er zuvor noch nie ein Wort gewechselt hatte. Seine Nervosität war ihm deutlich anzumerken.

»Hi, Katja. Darf ich mich vorstellen: Ich bin Bert.«

Katja grinste ihn freundlich an, sie wußte längst, wer er war. »Du bist doch Doros kleiner Bruder – oder?«

Das war keineswegs die Antwort, die Bert gerne

hören wollte. Sein rundes Gesicht verzog sich abwehrend, als er hastig versicherte: »Bruder ja, klein nein. Ich wirke etwas jünger, als ich wirklich bin!«

Er sah Katja an, aber sie ging nicht auf seine Erklärung ein, sondern wartete vielmehr darauf, daß er ihr sagte, was er von ihr wollte.

»Ich ... also, ich wollte dir meine Hilfe anbieten.« Nun war es heraus. Erwartungsvoll sah er sie an.

Aber sie hatte offenbar nicht verstanden, was er damit meinte. »Wobei?« fragte sie erstaunt.

Er druckste ein wenig herum. »Also ... also bei allem! Falls du irgend so 'ne Aufgabe erfüllen müßtest oder so ...«

»Kann es sein, daß wir nicht dieselbe Sprache sprechen?« fragte Katja. Was wollte dieser ulkige Knabe denn nur von ihr? Er sah niedlich aus mit seinem runden Gesicht und den hübschen braunen Augen, richtig zum Knuddeln, fand sie. So einen kleinen Bruder hätte sie auch gern gehabt. Aber irgendwie schien er ja auf etwas Bestimmtes hinauszuwollen. »Aufgabe?« fragte sie weiter. »Sag mal, Bert, wovon redest du eigentlich?«

Bert fing allmählich an zu schwitzen. So schwierig hatte er sich die Sache nicht vorgestellt. Aber ein Mann stellte sich schließlich seinen Aufgaben und wich ihnen nicht aus! Tapfer sagte er: »Also, ich weiß, daß die Gang ziemlich klare Regeln hat! Und falls du ... also wenn du da Hilfe brauchst, sagen wir mal von einem erfahrenen Mann ...« Den Rest des Satzes ließ er vorsichtshalber in der Luft hängen.

Katja war nicht sicher, ob sie ihn endlich richtig verstanden hatte. DAS konnte er doch eigentlich nicht gemeint haben? Um Zeit zu gewinnen, sagte sie: »Du hast spioniert!«

Bert war total verunsichert. Warum war sie nur so distanziert? »Ich ... ähm, also nein, ich ...«

Katja lächelte ihn plötzlich an. »Okay, du hilfst mir. Abgemacht!« Sie hielt ihm die Hand hin.

Bert konnte sein Glück nicht fassen. Bis eben hatte es doch so ausgesehen, als werde sie ihn abweisen, und nun auf einmal war sie einverstanden! Aber sein Vater hatte ihm ja schon immer erklärt, daß Frauen unberechenbar waren. Das konnte er nun aus eigener Erfahrung bestätigen.

Glückstrahlend schüttelte er ihre Hand und sagte eifrig: »Abgemacht!« Und dann stellte er die Frage, die man in einem solchen Fall einfach stellen mußte. Er bemühte sich dabei um einen lässigen Tonfall: »Gehen wir zu dir oder zu mir?«

Katja grinste und sagte sehr bestimmt: »Ins Freibad. Morgen nachmittag! Und vergiß deinen Fotoapparat nicht!« Dann drehte sie sich um und verschwand im Haus.

Bert blieb in einem Zustand tiefster Ratlosigkeit zurück. Frauen waren unberechenbar, gut. Aber im Freibad – und dann noch mit dem Fotoapparat? Das konnte doch eigentlich nicht ihr Ernst sein! Oder etwa doch?

»Kennst du den Kleinen da draußen?« fragte Frau Krämer verwundert. »Du hast doch eben mit ihm gesprochen, oder nicht?«

»Ja, das ist Doros kleiner Bruder.«

»Doro ist also eine von deinen neuen Freundinnen«,

stellte die Mutter fest, und Katja nickte nur. Es klang so merkwürdig, wenn ihre Mutter das sagte, fand sie. Irgendwie altmodisch: neue Freundin!

»Ich bin froh, daß du hier so schnell Anschluß gefunden hast. Darüber habe ich mir, ehrlich gesagt, ziemlich große Sorgen gemacht.«

Katja ging zu ihrer Mutter und umarmte sie. »Mußt du nicht. Läuft doch alles super hier, finde ich. Bei dir doch auch, oder?«

»Super vielleicht nicht, aber ganz okay.« Frau Krämer sah wieder aus dem Fenster. Bert zog gerade langsam ab, drehte sich aber hin und wieder noch einmal um.

»Irgendwas ist doch mit dem Kleinen«, sagte sie beunruhigt, und Katja konnte sich ein breites Grinsen nicht verkneifen. Wenn Bert gehört hätte, daß seine Mutter ihn ›der Kleine‹ nannte! »Was will er denn eigentlich hier – oder wohnt er in der Nähe?«

»Ne, die wohnen ganz woanders. Er wollte mich nur was fragen.«

»Und deshalb kommt er extra her? Er hätte doch anrufen können!« Es war typisch, daß ihre Mutter nicht fragte, was Bert von ihr gewollt hatte – sie achtete die Privatsphäre ihrer Tochter, und Katja wußte das zu schätzen. Aber die Sache ließ ihr sichtlich keine Ruhe. »Und hast du seinen Fotoapparat gesehen? So eine schwere Kamera! Das ist eine richtige Profiausrüstung, die er da hat. Das ist doch nichts für einen Jungen in dem Alter.« Sie schüttelte den Kopf. »Manche Eltern sind wirklich zu unvernünftig – was soll der Junge mit einem solchen Apparat!«

»Bert ist älter, als er aussieht«, versicherte Katja, denn schließlich hatte er selbst das behauptet. Sie wußte allerdings von Doro, daß er zwölf war – und wie zwölf sah er ihrer Meinung nach auch aus. Aber so genau mußte ihre Mutter das nicht wissen. »Außerdem ist er ziemlich gut als Fotograf, ich hab' schon ein paar von seinen Bildern gesehen.«

»Ach, ja?« Bert war verschwunden, und Frau Krämer verlor das Interesse an ihm.

Katja atmete auf. Endlich!

»Wollen wir am Wochenende rausfahren?« fragte ihre Mutter.

Katja schüttelte den Kopf. Nein, sie wollte ganz bestimmt nicht ins Sauerland. Sie hatte im Augenblick anderes zu erledigen.

Auf der Suche nach einem Kandidaten

Das Freibad war klasse – riesengroß, mit Rutschbahn und Sprungturm. Katja und Bert hatten einen idealen Platz erwischt, von dem aus sie die strategisch wichtigen Plätze im Blick hatten, ohne selbst allzu sehr aufzufallen. Für Katjas Vorhaben war der Sprungturm von besonderer Bedeutung, denn hier produzierten sich die Jungs, um den Mädchen zu imponieren.

Die halbe Schule schien versammelt zu sein, und Katja beglückwünschte sich selbst zu ihrer guten Idee. Wenn sie hier nicht fündig wurde, dann nirgends. Sie ließ den Blick suchend über die Menge schweifen. Hier gab es reichlich Auswahl, das stand fest.

Dann wandte sie sich Bert zu, denn der Junge mußte schließlich bei Laune gehalten werden. Sie brauchte ihn dringend. »Boah, das ist ja ein langes Teil!« sagte sie voll echter Bewunderung und machte ihn dadurch noch glücklicher, als er es ohnehin schon war, weil er neben ihr auf der Decke lag.

Er antwortete stolz. »Ich kann das noch viel länger machen, hier ...« Er fuhr das Teleobjektiv an seiner Kamera aus und wieder zurück.

»Echt geil!« Katja schwieg beeindruckt. Kurz darauf entdeckte sie einen gut gebauten, dunkelhaarigen Jungen, der sich gerade auf einem Sprungbrett in Positur stellte. Schnell sagte sie: »Los, jetzt zeig mal, was du kannst. Der da drüben!« Sie zeigte auf den Jungen auf dem Sprungbrett.

»O nein!« stöhnte Bert entsetzt, als er ihn durch das Objektiv seiner Kamera erkannte. »Mädchen, das ist voll der Versager, der doch nicht!«

»Quatsch nicht, knips!« kommandierte Katja herzlos, und Bert legte los.

Danach räusperte er sich und sagte: »Eigentlich hatte ich mir meine Hilfe direkter vorgestellt.«

Katja stellte sich dumm und sah ihn unschuldig an. »Direkter?«

»Na ja.« Bert druckste ein wenig herum. »Du bist eine Frau, und ich bin ein Mann.«

Nun bekam sie doch Mitleid mit ihm. »Vergiß es, Bert, ich könnte deine Mutter sein!« Sie sah sich wieder um und rief: »Los, den dahinten, mit dem Anika gerade quatscht!«

Trotz des Tiefschlags, den sie ihm gerade versetzt hatte, richtete Bert tapfer seine Kamera in die angegebene Richtung. »Marc?« rief er aus. »Kannst du vergessen. Der interessiert sich nicht für Mädchen.«

»Ist er schwul?« fragte Katja und ertappte sich dabei, daß sie das bedauerlich fände. Er sah gut aus – und nett außerdem. Aber er zeigte sich der schönen Anika gegenüber tatsächlich bemerkenswert distanziert, obwohl sie sich ziemlich große Mühe gab, ihm näher zu kommen, das konnte Katja sogar von ihrem recht weit entfernten Beobachtungsposten aus erkennen.

Bert schüttelte den Kopf, spielte den Erfahrenen. »Ne, Sportler. Labert den ganzen Tag vom Segeln ...«

»Quatsch nicht, knips!«

Bert fügte sich in sein Schicksal. Die Wege, die zu den Herzen der Frauen führten, waren unergründlich. Und wenn Katja von ihm verlangte, Bilder von anderen Jungen zu machen, dann würde er das eben tun. Seine Stunde war noch nicht gekommen, aber er war bereit. Jederzeit.

Die Mädels hatten sich alle im Treffpunkt der Fun-Gang versammelt, um Katja den geeigneten Kandidaten fürs ›erste Mal‹ auszusuchen. Katja war froh, daß die anderen sie bei ihrer schweren Aufgabe unterstützen wollten. Ganz allein hätte sie sich vielleicht doch überfordert gefühlt.

Der Treffpunkt war ein Raum in einem leerstehenden Fabrikgebäude, den sich die Mädchen eines Tages einfach unter den Nagel gerissen hatten. Sie hatten ihn mit ausrangierten Möbeln, Fotos, Postern und schrillen Wandmalereien in allen Farben hergerichtet, und bisher war noch niemand gekommen und hatte versucht, sie wieder zu vertreiben. Ein Ghettoblaster ließ ohrenbetäubend laute Musik erschallen, und unter viel

Gelächter wurden die Fotos gesichtet, die Bert in gewohnter Qualität geschossen und entwickelt hatte.

Anika hielt die Fotos von Marc in der Hand, und unwillkürlich wurde sie rot. Sie sah schnell auf, um sich zu vergewissern, ob die anderen etwas gemerkt hatten, aber alle waren mit den Fotos beschäftigt, die sie gerade selbst in den Händen hatten. Zu jedem der abgebildeten Jungen gaben sie überaus deutliche Kommentare ab.

Hastig legte sie Marcs Fotos auf die Seite und sagte: »Den kannst du auch vergessen!« Sie griff nach einigen anderen Bildern und wedelte damit durch die Luft. »Ey, hier, Gero, der ist doch klasse ...!«

Miriam nahm die Fotos, die Anika zur Seite gelegt hatte, betrachtete sie und runzelte die Stirn. Völlig überrascht fragte sie: »Bist du blöd? Das ist doch Marc! Der hat ja wohl echt 'nen geilen Arsch!«

Doro nahm ihr eins der Fotos aus der Hand, betrachtete es und sagte: »Mensch, und klasse Augen!«

Anika war höchst verlegen und versuchte, die Situation zu überspielen. Allerdings fiel ihr so schnell kein triftiges Argument ein, weshalb Marc für Katja auf keinen Fall in Frage kam. »Äh, Marc, ich mein', ihr wißt doch, der ...«

Alle sahen sie aufmerksam an, gespannt darauf, was sie eigentlich sagen wollte.

Es war Katja, die ihr zu Hilfe kam, freilich ohne daß sie etwas davon ahnte, wie tief Anika in der Klemme steckte. »Das ist doch der Typ, der sich nur fürs Surfen interessiert, oder?«

»Segeln, genau!« rief Anika erleichtert. »Sag' ich doch, kannst du vergessen!« Schon ließ sie die Porträts von

Marc wieder verschwinden, und die allgemeine Aufmerksamkeit wandte sich den anderen Fotos zu.

In diesem Augenblick fing Nic an zu kreischen. Sie schrie mit hysterischer Stimme: »Ey, da ist ja sogar Jürgiiii, die alte Fußballbirne!« Sie zeigte den anderen ein Bild von Jürgen, der hervorragend getroffen war: Mit treuem Blick sah er direkt in die Kamera.

»Ist der eigentlich wirklich so blöd?« erkundigte sich Katja. Ihr tat Jürgen immer ein bißchen leid.

»Wenn du dem ein blau-weißes Trikot anziehst und kräftig ›Schalke, Schalke‹ grölst, dann kriegt der sofort 'nen Ständer«, meinte Anika und grinste.

Sie hat anscheinend eine Menge Erfahrung, dachte Katja ein wenig neidisch. Überhaupt, sie schienen sich alle bestens mit Jungs und mit dem, was man mit ihnen tun konnte, auszukennen, im Gegensatz zu ihr selbst. Wieder einmal fühlte sie sich ein wenig zurückgeblieben, aber sie verdrängte diese Gedanken ganz schnell. Das würde sich ja bald ändern, und dann konnte sie mitreden – in jeder Hinsicht.

Miriam fing an, »Schalke, Schalke« zu stöhnen, als bekäme sie gleich einen Orgasmus. Sie hielt Jürgens Bild dabei hoch, und Nic fiel in ihr Gestöhne ein. Zu zweit preßten sie »Schalke, Schalke« hervor, während sich die anderen vor Lachen kaum halten konnten. Miriam und Nic steigerten sich bis zum ›Höhepunkt‹ und brachen dann, ebenfalls lachend, ab.

Katja begriff, daß Jürgen offenbar tatsächlich ein bißchen blöd war.

Miriam übernahm, als sie sich einigermaßen wieder beruhigt hatten, das Kommando bei ihrem Auswahlverfahren. Mit ernstem Gesicht prüfte und verwarf sie, und am Ende blieben drei Jungs übrig. Sie zeigte sie den andern, die noch immer ein bißchen herumalberten. »Jetzt seid doch mal ruhig, sonst werden wir hier nie fertig! Also, diese drei hier kommen in die engere Wahl!« Sie schob den anderen die Fotos zu.

Katja sah sie sich neugierig an, während Miriam weitersprach und bei jedem Namen auf das dazugehörige Bild tippte: »Joschka, Gero und Sven.«

Sie sahen tatsächlich alle ganz nett aus, fand Katja. Im Grunde spielte es ja auch keine große Rolle, welchen sie aussuchte – Hauptsache er war nett und sorgte dafür, daß das ›erste Mal‹ keine schreckliche Erfahrung wurde. Wenn man in einer Großstadt wohnte, dann mußte man solche Dinge völlig cool angehen, soviel hatte sie bereits verstanden. »Was ist denn Sven für einer?« fragte sie.

Nics Antwort kam wie aus der Pistole geschossen. »Ein bißchen schüchtern. Und er schmatzt beim Küssen wie ein Ferkel ...«

Einen Augenblick lang herrschte absolute Stille. Alle starrten Nic verwundert an, und schließlich fragte Anika gedehnt: »Woher weißt du das denn so genau?«

Nic wurde sehr verlegen und grinste schief.

Miriam fragte streng: »Nic, du hast doch nicht etwa Geheimnisse vor uns?«

Katja verfolgte die Szene gespannt. In der Gang schien einiges abzugehen, von dem sie bisher noch keine Ahnung hatte. Konnte es sein, daß die Mädchen trotz der strengen Gesetze ihre kleinen Geheimnisse voreinander hatten? Sie beschloß, dem möglichst bald auf den Grund zu gehen.

Nic hatte sich wieder gefangen und antwortete in ihrer gewohnt schnodderigen Art: »Seid ihr bekloppt oder was? Ich war nur zufällig dabei, als Anika mit ihm rumgeknutscht hat!«

Nun wandte sich die allgemeine Aufmerksamkeit Anika zu, der das gar nicht gefiel. Sie zog unwillig die Brauen zusammen. »Hey, das stimmt gar nicht! Erstens habe ich noch nie mit ihm rumgeknutscht und zweitens warst du überhaupt nicht dabei ...«

Allgemeines Gelächter, in das schließlich auch Anika, die sich unfreiwillig verraten hatte, einstimmte. Für Katja war der Fall damit erledigt. Sven schien nicht der Richtige für sie zu sein. Wenn schon zwei aus der Gang ihre Erfahrungen mit ihm gesammelt hatten. Irgendwie gefiel ihr die Vorstellung nicht, in diesem Bunde die Dritte zu sein. Sie legte Svens Foto zur Seite. »Und Gero?«

Diesmal war es Anika, die antwortete. Lächelnd sagte sie: »Hat 'ne Menge Erfahrung, der Junge.«

Doro zog sie auf. »Ja, fast soviel wie du!«

Das schmeichelte Anika offensichtlich, denn ihr Lächeln vertiefte sich. »Hat sich auf jeden Fall ganz geschickt angestellt.« Sie wandte sich direkt an Katja. »Also, der weiß, wie's geht.«

Katja überlegte nur kurz, dann wanderte auch Geros Bild auf die Seite. Nichts gegen Erfahrung, aber ... »Ich nehm' Joschka!« sagte sie entschieden.

»Ich weiß nicht, Katja«, sagte Frau Krämer zögernd. »Eigentlich wäre es mir lieber, du würdest heute abend hierbleiben. Zumindest könnte ich dich abholen. Ich kenne doch die Leute gar nicht, zu denen du gehst, und wenn das so eine große Party ist ...«

»Aber, Mama«, erwiderte Katja, die plötzlich ihren schönen, perfekten Plan in Gefahr sah, »die anderen gehen doch auch alle hin.«

»Das ist kein Argument«, wandte ihre Mutter ein. »Nur, weil die anderen es auch machen, muß es für uns nicht das richtige sein.«

Aber Katja hatte schon ein neues Argument, und das war wirklich schlagend, fand sie. Schnell sprach sie weiter. »Und du mußt nicht die ganze Zeit aufbleiben, um mich dann abzuholen. Außerdem, für mich ist es auch blöd, zu wissen, daß du nur meinetwegen so lange aufbleibst. Ich bin mit den anderen Mädchen zusammen und fahre auch mit ihnen nach Hause, da kann mir gar nichts passieren!«

»Na schön.« Ihre Mutter gab endlich nach, und Katja atmete auf. Das hätte ihr gerade noch gefehlt, daß die ganze Sache ins Wasser fiel, weil ihre Mutter sich querstellte. Dabei war diese Party die perfekte Gelegenheit, ihr Vorhaben endlich in die Tat umzusetzen. Sie war es leid, der Fun-Gang nur zur Probe anzugehören. Das klang irgendwie nach zweiter Klasse, fand sie. Es wurde Zeit, daß dieser Zustand beendet wurde. Und das ging auf dieser Party deshalb so gut, weil Joschka, der Auserwählte, auch da sein würde.

Daß in einem Haus gefeiert wurde, deren Besitzer über das Wochenende weggefahren waren, hatte sie vorsichtshalber nicht erwähnt. Es gab also keine Aufsicht, sie würden völlig unter sich sein. Ideale Bedingungen, in jeglicher Hinsicht.

»Das Leben in der Großstadt ist eben anders«, erklärte sie abschließend.

»Das merke ich.« Frau Krämer lächelte, aber ihr Blick war zugleich nachdenklich. Sie machte sich Sorgen um ihre Tochter, aber klugerweise behielt sie das für sich. Sechzehnjährige Mädchen konnten es nicht leiden, wenn man sich Sorgen um sie machte, das wußte sie aus eigener Erfahrung.

Die Sache läßt sich gut an

Die Party war in vollem Gange. Katja tanzte mit Doro, Miriam mit Anika – nur Nic war irgendwo im Gewühl verschwunden. Verstohlen ließ Katja den Blick über die Menge gleiten. Alle waren wirklich superscharf aufgestylt. Anika hatte sich ganz in Silberlamé gehüllt – sie trug ein äußerst knappes Oberteil zu einem langen Rock, der Bauch war frei, und sie hatte sich die kurzen hellblonden Haare wie einen Helm um den Kopf gelegt und mit silbernem Schmuck drapiert, an dem sie hinten ein langes hellblondes Haarteil befestigt hatte. Sie sah aus wie von einem anderen Stern.

Auch Miriam wirkte mit einer dunkelbraunen Pagenkopf-Perücke völlig verändert. Katja hatte sie im ersten Moment gar nicht erkannt. Miriam trug ein superkurzes schwarzes Minikleid mit einem Oberteil aus Spitze, das rasant ausgeschnitten war. Das tiefe Dekolleté wurde durch eine Kette aus Knochen und einem kleinen Totenkopf betont. Außerdem hatte sie silberfarbene lange Handschuhe an. Wenn das Kleid etwas länger und die Kette weniger makaber gewesen wäre, hätte sie damit auf eine vornehme Gesellschaft gehen können. So jedoch sah es ziemlich abgedreht aus.

Doro wirkte neben ihr fast normal. Sie hatte sich ein bodenlanges schwarz-silbern gestreiftes Kleid ausgesucht, das oben einen Pelzkragen hatte. Es stand ihr hervorragend und paßte hundertprozentig zu ihr, fand Katja.

Am verrücktesten sah Nic aus, die noch immer nicht wieder aufgetaucht war: Zu bunt karierten Shorts trug sie ein geringeltes T-Shirt und eine grell gemusterte Krawatte. Sie hatte sich ebenfalls für eine dunkle Perücke entschieden und trug außerdem Knieschoner und klobige Fußballstiefel. Sie war die ganze Zeit überall und nirgends gewesen, hatte zwischendurch an irgendwelchen Motorrollern herumgeschraubt und sich ganz offensichtlich großartig amüsiert.

Katja selbst kam sich gegen die Mädchen der Gang ein bißchen bieder vor in ihrer braven gelben Bluse und der Jeans. Das einzig Extravagante an ihr war ihre Frisur: Sie hatte sich vorn viele kleine Zöpfchen geflochten und zu Hause sogar noch überlegt, ob sie damit nicht vielleicht zuviel des Guten getan hatte. Hier hatte sie dann gesehen, daß fast alle anderen sehr viel weiter gegangen waren bei der Verwandlung ihres Äußeren. Aber eben doch nicht alle, und das war ihr Trost.

Hoffentlich konnte sie Joschka irgendwie auf sich aufmerksam machen, auch wenn sie beinahe so aussah wie immer. Die anderen schienen keine Zweifel daran zu haben, daß ihr das gelingen werde, und so beschloß sie, sich selbst auch keine Gedanken mehr darüber zu machen. Sie würde jedenfalls ihr Bestes geben.

Nic kam zurückgewirbelt und rief schon von weitem: »Mädels, hört mal auf zu zappeln! Ich hab' ihn gefunden! Dahinten ist er!«

Sie wies in eine Ecke, und tatsächlich, dort stand Joschka, der Kandidat für den heutigen Abend. Er war ganz allein, hielt sich an seiner Bierflasche fest und lächelte freundlich in die Runde. Doch, er sah genauso nett aus wie auf dem Foto, fand Katja. Keine schlechte Wahl, die sie getroffen hatte.

»Also los!« kommandierte Miriam energisch. »Worauf wartest du noch?«

»Der frühe Vogel fängt den längsten Wurm‹, wie Laotse zu sagen pflegte!« Wie immer hatte Doro eine Weisheit parat. Sie gab Katja einen aufmunternden Schubs, während Anika zweideutig fragte: »Wurm?«

Alle fingen an zu kichern, bis auf Katja. Sie hatte auf einmal ein ganz merkwürdiges Gefühl in der Magengegend und schluckte nervös. Es wurde also ernst. Es gab kein Zurück mehr.

»Na, denn«, sagte sie unsicher und machte die ersten Schritte in die Richtung, in der Joschka stand. Dann blieb sie wieder stehen, drehte sich zu den Mädchen um, die ihr nachsahen. Ihr Lächeln verriet ihre Hilflosigkeit, obwohl sie tapfer versuchte, sie zu überspielen. »Ihr drückt mir doch die Daumen, oder?«

»Eins, zwei, drei«, sagte Miriam leise, dann schossen wie auf Kommando vier Hände mit gedrückten Daumen vor, und mit einem tiefen Seufzer marschierte Katja endgültig los – dem ›ersten Mal‹ entgegen. Fast wäre sie dabei Jürgen in die Arme gelaufen, der unvermutet vor ihr aufgetaucht war. Aber er hatte keinen Blick für sie, sondern starrte nur Miriam in ihrem rasanten Kleid an.

»Na, Jürgiiii?« flötete Nic. »Wo ist denn deine Zeitung?« Spielerisch hielt sie ihr Feuerzeug hoch und drehte es nach links und rechts.

»Hahaha«, machte Jürgen, ohne auch nur das Gesicht zu verziehen. Er fand das alles gar nicht lustig. Noch immer starrte er Miriam an, aber sie übersah ihn einfach, und so zog er wieder ab.

Tapfer bahnte sich Katja einen Weg durch das Gewühl. Nur nicht zögern, sich nicht umdrehen – sonst verließ sie der Mut womöglich doch noch in letzter Sekunde. Joschka stand immer noch allein da mit seiner Bierflasche und sah den Tanzenden zu. Sie überlegte, wie sie ihn am besten ansprechen sollte, aber bevor sie zu einem Ergebnis gekommen war, steuerte ein sehr üppiges blondes Mädchen zielstrebig auf Joschka zu, begrüßte ihn stürmisch und verwickelte ihn in ein Gespräch.

Abrupt blieb Katja stehen und änderte dann die Richtung. Das war also schon mal schiefgegangen! Unversehens war sie direkt vor dem Tisch gelandet, auf dem die Getränke aufgebaut waren. Sie tat so, als habe sie sich etwas zu trinken holen wollen, und griff nach einem leeren Glas, während sie Joschka aus den Augenwinkeln weiter beobachtete.

Die Blondine dachte offenbar gar nicht daran, sich

wieder von Joschka zu verabschieden, und Joschka machte leider den Eindruck, als unterhalte er sich recht gut mit ihr.

Neben Katja stand jemand, der sich gerade etwas zu trinken einschenkte und sich nun umdrehte. Es war Marc, der gutaussehende Blonde, der leider für die Mädchenwelt verloren war, weil er nur Segeln im Kopf hatte. Er lächelte sie an.

»Hi, was machst du denn hier?« fragte er.

Ich will mich hier entjungfern lassen, dachte Katja und hatte einen schrecklichen Augenblick lang den Eindruck, sie habe das laut gesagt. Aber Marc wirkte nicht schockiert, sondern schien noch immer auf ihre Antwort zu warten. Also hatte sie es wohl doch nur gedacht. »Och«, sagte sie. »Was man auf Partys eben so macht ... tanzen ...«

Er nickte, und bevor sie richtig begriff, wie es passiert war, hatte sie Joschka völlig vergessen und war mit Marc, der angeblich nichts im Kopf hatte außer Segeln, in ein angeregtes Gespräch vertieft. Er hatte wirklich schöne Augen, das konnte sie jetzt, wo sie so nah bei ihm stand, gut sehen. Und ein sehr nettes Lächeln hatte er. Richtig schade, daß er so ein Sportfanatiker war.

Zufällig fing sie Anikas Blick auf, die sie offensichtlich schon eine ganze Weile beobachtete. Anika zog Grimassen, und das erinnerte sie daran, daß sie für heute abend ja schließlich eine Aufgabe hatte. Joschka! Aber Marc erzählte ihr gerade etwas Interessantes aus der Schule, und sie wollte ihn nicht unterbrechen. Außerdem war Joschka immer noch in den Fängen der Blonden, da hatte sie sowieso keine Chance! Also konnte sie sich genausogut noch ein wenig mit Marc unterhalten.

Anika sah das offenbar anders, denn nun kam sie angeschossen, ergriff ohne weitere Umstände Katjas Arm und sagte ziemlich laut zu Marc: »Hi, Marci« – Katja bemerkte, wie er das Gesicht verzog, als er diesen Namen hörte – »sorry, aber Katja hat heute abend schon ein Date – mit Joschka.«

Sie zog die widerstrebende Katja einfach mit sich. »Ja, aber ...«, begann diese, doch Anika ließ sie gar nicht zu Wort kommen. »Nichts aber, schließlich bist du nicht zum Vergnügen hier!« sagte sie knapp und schleppte Katja einfach weiter Richtung Joschka.

Katja ergab sich in das Unvermeidliche, Anika hatte ja recht. Trotzdem, es war sehr angenehm gewesen, mit Marc zu reden. Schade, daß es nicht noch ein bißchen länger gedauert hatte.

Sie waren bei Joschka und der Blonden angelangt. Anika verlor keine Zeit. »Hi, Joschka, kennst du Katja schon?«

Joschka sah auf und sagte freundlich: »Nein ... hey, du bist die Neue, oder?«

Bevor Katja eine Antwort geben konnte, schnappte sich Anika nun die Blonde und zerrte sie mit sich – genauso, wie sie es zuvor mit Katja gemacht hatte. Im Weggehen hörte Katja sie sagen: »Na, Blondi? Hier hast du gesteckt, dabei sucht dich Elmar schon seit 'ner halben Stunde ...«

»Ich hoffe, ich hab' euch nicht gestört.« Katja war verlegen. Mußte Anika sich so auffällig benehmen? Joschka hatte bestimmt gemerkt, was gespielt wurde. Peinlich war das, oberpeinlich sogar.

Aber Joschka sah die Sache völlig gelassen. »Quatsch! Blondi kann man nicht stören, nur verjagen«, teilte er Katja freundlich mit, und sie atmete auf. Wenn das so war, mußte sie sich ja keine Sorgen machen. »Das ist echt cool«, fuhr Joschka fort, »daß du auch hier bist. Ich hab' dich schon ein paarmal in der Schule gesehen.«

Das ließ sich echt gut an! Katja entspannte sich und blinzelte Doro, die gerade wild zuckend vorbeitanzte, vielsagend zu.

Marc beobachtete Katja, die nun mit Joschka zur Tanzfläche ging. Schade, er hätte sich gern noch etwas länger mit der Neuen unterhalten, aber die aufdringliche Anika hatte ja wieder einmal dazwischengefunkt.

Er fragte sich, wie schon öfter, was Anika eigentlich von ihm wollte – noch deutlicher, als er es schon getan hatte, konnte er ihr nicht zeigen, daß er sich nichts aus ihr machte. Klar, sie sah klasse aus, völlig unbestritten. Aber das war's auch schon, fand er. Unterhalten konnte man sich nicht mit ihr.

Und da kam sie auch schon wieder, diesmal mit Blondi im Schlepptau, die bis eben bei Joschka gestanden und sich mit ihm unterhalten hatte. Er sah sich unauffällig um, ob er sich schnell noch verdrücken konnte, aber Anika war schneller.

Im nächsten Augenblick stand sie schon mit strahlendem Lächeln direkt neben ihm, sagte zu Blondi: »Elmar ist drinnen, im Wohnzimmer«, wobei sie aufs Haus zeigte und wandte sich dann Marc zu, der gequält lächelte. »Katja ist richtig verrückt nach Joschka«, teilte sie ihm mit.

Er verzog keine Miene.

Anika sah zufrieden zur Tanzfläche hinüber. »Sie scheint sich ja endlich richtig wohlzufühlen.«

Marc folgte ihrem Blick und brummte zustimmend. In der Tat, Katja und Joschka schienen sich gut zu unterhalten. Es wunderte ihn, daß ihm das einen kleinen Stich versetzte. Vielleicht unterhielt sich Katja mit jedem gut? Dabei hatte er bis eben gedacht ... ach, was, er hatte überhaupt nichts gedacht.

»Los, komm!« sagte Anika drängend. »Laß uns tanzen.«

Sie wartete seine Antwort nicht ab, sondern zog ihn einfach zur Tanzfläche. Scheint ihre Spezialität zu sein, dachte er mißmutig, die Leute einfach mit sich zu ziehen. Aber er wehrte sich nicht.

Katja fühlte sich großartig. Joschka war nett, sie schien ihm zum Glück zu gefallen, und der weitere Verlauf des Abends war damit klar. Eigentlich konnte überhaupt nichts mehr schiefgehen. Wovor hatte sie sich denn bloß so gefürchtet? Das Ganze entwickelte sich doch prächtig! Und dann würde sie endlich richtig dazu gehören. Nicht mehr ›die Neue‹ sein, das Landei, die zickige Jungfrau. Sie konnte es kaum erwarten, bis es soweit war.

Jemand wechselte die Musik. Das rhythmische Stampfen hörte plötzlich auf und wich jener Art von Melodien, die auf allen Partys dieser Welt den gleichen Effekt haben: Die Jungen zogen die Mädchen so nah wie möglich zu sich heran, Arme schlangen sich um Hälse, Wangen schmiegten sich aneinander, und zärtliche Hände gingen auf Wanderschaft. Je länger die Musik dauerte, desto hingebungsvoller klebten die Körper aneinander.

Marc hatte vergeblich versucht, von der Tanzfläche zu fliehen, bevor die Kuschelmusik einsetzte, aber Anika hatte ihn einfach nicht losgelassen. Da es ihm widerstrebte, sie vor allen anderen bloßzustellen, war er geblieben. Nun hing sie an ihm wie eine Klette, streichelte seinen Hinterkopf und ließ ihn auch nicht einen Zentimeter weit von ihr abrücken.

Verzweifelt sah er auf seine Armbanduhr. Er mußte hier weg, das war ja nicht zum Aushalten! Langsam schoben sich Katja und Joschka in sein Blickfeld, aber beide bemerkten ihn nicht. Katja hatte die Augen geschlossen, und er ärgerte sich darüber, daß es offenbar der Wahrheit entsprach, daß Katja völlig verrückt nach Joschka war.

Zum Glück für Marc wummerte die Musik endlich wieder richtig los, und die Paare lösten sich voneinander. Aufatmend schob er Anika von sich. Er hatte es überstanden.

Im gleichen Augenblick sah er, daß sich auch Katja und Joschka voneinander lösten. Sie lächelten einander an, dann nahm Katja Joschkas Hand und zog ihn mit sich in Richtung Haus.

Marc biß sich auf die Lippen. Scheißparty, dachte er und ließ Anika einfach stehen.

Nicht weit von ihm entfernt beobachteten Doro und Nic voller Zufriedenheit Katjas und Joschkas Abgang. Sie knallten ihre Bierflaschen aneinander. Die Sache schien ein voller Erfolg zu werden.

Ganz so einfach ist es nun auch wieder nicht!

Miriam stand im ersten Stock des Hauses, der von dem Partyrummel bisher weitgehend verschont geblieben war, vor einer Tür, die folgendermaßen beschriftet war: *Toilette! Männer im Sitzen, Frauen im Stehen!!!*

Sie fragte sich, wer wohl diese dämliche Idee gehabt hatte, und dann fiel ihr ein, daß sie schon eine ganze Weile hier wartete. Gerade wollte sie erneut an die Tür hämmern, als Katja mit strahlendem Gesicht die Treppe heraufkam. Sie hatte Joschka im Schlepptau und warf Miriam einen Blick voller Stolz zu, der ungefähr hieß: Na, wie hab' ich das gemacht? Jetzt bist du hoffentlich zufrieden mit mir!

Miriam beeilte sich, all das in ihren Blick zu legen, was Katja bei der Durchführung ihres Vorhabens vielleicht unterstützen konnte, und sah den beiden lächelnd nach, wie sie in einem Zimmer verschwanden.

Dann wandte sie sich energisch der noch immer verschlossenen Toilettentür zu und bollerte mit voller Wucht dagegen. »Hey, aufmachen!« schrie sie.

Zunächst geschah nichts, dann wurde von innen ein paarmal hektisch die Klinke heruntergedrückt, ohne daß die Tür sich öffnete. Eine gedämpfte Jungenstimme war zu hören, die rief: »Aufmachen, los, aufmachen! Laßt mich endlich raus!«

Die Stimme ließ nicht erkennen, wer sich auf der anderen Seite der Tür befand. In jedem Fall aber war es ein männliches Wesen.

»Bist du bescheuert?« schrie Miriam aufgebracht. »DU mußt die Tür aufmachen!«

Die dumpfe Stimme von innen klang verzweifelt. »Es geht nicht! Irgend so 'ne Gummiwurst hat mich hier eingesperrt!«

Miriam fragte sich, ob sie ihm glauben konnte, aber seine Verzweiflung klang echt. Sie fing an zu grinsen und fragte lauernd: »Okay. Was krieg' ich, wenn ich dich da raushol'?«

Ohne zu zögern, kam die Antwort von drinnen: »Was du willst!«

Er mußte echt verzweifelt sein. Miriam stieß einen zufriedenen Pfiff aus und grinste noch breiter. Dann nahm sie mit den Augen Maß und rief: »Zurücktreten!«, während sie selbst ebenfalls zwei Schritte zurückging. Sie nahm Anlauf und trat mit voller Wucht gegen die Tür. Holz brach und splitterte, und mitten in der Tür klaffte plötzlich ein häßliches Loch.

Energisch vergrößerte Miriam die Öffnung noch um einiges, bis sie hindurchsteigen konnte, und spähte neugierig ins Bad. Genauso neugierig spähte ihr auch jemand entgegen: Jürgen. Einige Sekunden lang starrten sie einander sprachlos an.

Jürgen faßte sich als erster und sagte verlegen: »Hi!«

»Oh, no«, antwortete Miriam. »Ich hätte es wissen müssen.«

»Und jetzt?« fragte er unsicher. Immerhin hatte er ihr alles versprochen, was sie wollte. Er wagte gar nicht, sich vorzustellen, was das sein konnte.

Miriam lächelte. Für Jürgens Geschmack war es ein ziemlich drohendes Lächeln. »Jetzt bist du dran, Jürgi!«

Sie ordnete ihr Haar, straffte sich und schritt auf ihr Opfer zu.

Ängstlich wich Jürgen zurück. Er konnte sich beim

besten Willen nicht vorstellen, was sie mit ihm vorhatte. Miriam und die Fun-Gang hatten ihn bisher jedesmal hochgenommen, wenn sie ihn auch nur von weitem gesehen hatten – es würde diesmal nicht anders sein. Sie würde etwas Entsetzliches tun, und er würde, wie immer, dastehen wie der letzte Depp.

In diesem Augenblick packte sie ihn und küßte ihn voller Leidenschaft. Er hatte nicht besonders viel Erfahrung auf diesem Gebiet, aber selbst wenn es anders gewesen wäre, hätten ihm diese Küsse Hören und Sehen vergehen lassen.

Miriam schien auf den Geschmack gekommen zu sein und packte noch energischer zu. Allmählich wurde es Jürgen heiß und kalt, aber er traute sich nicht, die Augen zu schließen und richtig mitzumachen, obwohl er das gern getan hätte. Immer noch rechnete er mit etwas Entsetzlichem, das sie ihm jeden Moment antun würde. Da war es besser, die Augen offen zu haben.

Nach zwanzig Sekunden ließ sie ihn los, um Luft zu holen. Aber sie rückte nicht von ihm ab, sondern blieb weiterhin so dicht bei ihm stehen, daß er ihren Körper deutlich spüren konnte. Hoffentlich wurde er nicht ohnmächtig! Wenn er das jemandem erzählte ... Aber es würde ihm sowieso niemand glauben.

»Eigentlich bist du ja ganz süß«, stellte Miriam fest und sah ihn durchaus wohlgefällig an. »Bis auf diese bekloppte Frisur!« Bei diesen Worten fuhr sie ihm fast liebevoll durch die Haare.

Er wagte es noch immer nicht, sich zu entspannen. Der Anblick ihres üppigen Dekolletés, das er direkt vor sich hatte, raubte ihm fast die Sinne. Erneut fiel Miriam über ihn her, genauso wild wie zuvor, vielleicht sogar noch wilder. Ihre Leidenschaft überwältigte ihn, so daß er seine Angst vergaß und die Arme um Miriam legte.

Jürgen begann sich gerade wie im Himmel zu fühlen, als er auch schon wieder unsanft auf der Erde landete. Miriam ließ ihn los, ging zur Tür und spähte vorsichtig nach draußen. Es war niemand zu sehen, und sie atmete erleichtert auf. Dann wandte sie sich wieder zu Jürgen um, der noch immer in seiner Ecke stand und nicht riskierte, sich zu rühren. »Wenn ich weg bin, bleibst du hier drin und zählst langsam bis tausend«, sagte sie streng. »Und dann gehst du sofort nach Hause! Klar?«

Er nickte verstört. Sie verließ das Bad, und er setzte sich ergeben auf die geschlossene Toilette. Sie steckte noch einmal den Kopf zu dem Loch in der Tür hinein.

»Ein Wort, Jürgi, egal zu wem – und du bist tot!« Ihre Augen schossen Blitze, und Jürgen hegte nicht den geringsten Zweifel daran, daß sie ihre Drohung wahr machen würde.

Er hörte, wie sie sich energischen Schrittes entfernte, dann fing er an zu zählen: »Eins, zwei, drei, vier, fünf ...«

Katja und Joschka hatten das Haus wieder verlassen – zu viele Leute, hatte Katja gemeint, obwohl der obere Stock des Hauses völlig verlassen war. Sie hatten sich deshalb einen abgelegenen Teil des Gartens ausgesucht, hinter einem dichten Gebüsch, durch das man sie unmöglich sehen konnte. Der Partylärm klang hier fast gedämpft, und Joschka hatte seine Jacke ausgezogen und auf dem Boden ausgebreitet, so daß sie bequem liegen konnten.

Eigentlich konnte er ganz gut küssen, trotzdem vermochte Katja nicht in Stimmung zu kommen. Ihre Gedanken schweiften ab. Alles mögliche fiel ihr ein, was nun wirklich nicht hierher gehörte, aber sie konnte nichts dagegen tun.

Joschka schob langsam ihre Bluse hoch, und Katja fragte sich, warum seine Hände wohl so kalt waren. Jedenfalls fühlten sie sich nicht besonders angenehm auf ihrer nackten Haut an. Sie streichelte seinen Rükken und sagte sich, daß alles in bester Ordnung war. In ein paar Minuten würde sie keine Jungfrau mehr sein, dann war die Sache ausgestanden.

Langsam krabbelte seine Hand ihr Bein hoch und legte sich dann liebevoll und besitzergreifend auf ihre eine Pobacke. Auf einmal fühlte sich Katja gar nicht mehr wohl, sie mußte sogar aufhören, Joschka zu küssen. Etwas stimmte nicht, und sie mußte sofort herausfinden, was das wohl sein konnte.

Joschka, der merkte, daß sie auf einmal völlig verkrampft war, fragte: »Was ist?«

Ja, was war? Sie mußte es ihm schließlich erklären. Sie rutschte hin und her und erklärte: »Hier können wir nicht bleiben, Joschka. Wir liegen auf 'ner Ameisenautobahn!«

Nic und Doro verfolgten Katja und Joschka mit mißtrauischen Blicken. »Wieso rennen die eigentlich von einem Ort zum anderen?« fragte Nic. »Meinst du, sie haben es schon hinter sich?«

»Glaub' ich nicht«, meinte Doro. »Sie sind bisher noch nirgends lange geblieben.«

Sie wechselten einen verständnisinnigen, etwas besorgten Blick und wandten ihre Aufmerksamkeit dann wieder anderen Partygästen zu, während Joschka Katja in den Keller des Hauses führte.

Katja fand es hier ziemlich unheimlich, aber das sagte sie nicht. Sie strapazierte Joschkas Geduld schon genug, und es war ja wirklich total süß von ihm, einen Ort zu suchen, an dem es garantiert weder Ameisen, noch andere Partygäste gab. Er schob sie in einen engen Raum, der mit drei Betten, einer Gefriertruhe, einem Herd und einem Fernseher ausgestattet war. Mit erheblicher Mühe schloß er die Riegel einer massiven Stahltür. Sie waren allein. Und wie!

Zufrieden drehte er sich zu Katja um und sagte grinsend: »Hier sind wir sicher. Bombensicher sogar!«

Das Licht war ziemlich grell, aber ohne die Neonröhre hätte man gar nichts sehen können, denn Fenster gab es in diesem Bunker nicht. Joschka zog Katja wieder an sich, und sehr schnell landeten seine Hände erneut unter ihrem T-Shirt.

Tapfer, aber nicht sehr zielstrebig, nestelte sie ein wenig an seiner Gürtelschnalle herum, während sie sich in dem winzigen Raum umsah. Sie wußte, daß sie Joschka viel abverlangte, aber sie mußte es ihm einfach sagen! »Joschka?«

Er klang ziemlich genervt. »Was denn?«

»Und was ist, wenn die Lüftung ausfällt?«

Doro war mittlerweile wirklich besorgt. »Ich glaube, da gibt's echte Probleme!«

»Wo?« fragte Nic, die gerade damit beschäftigt war, einen Motorroller zu begutachten, den sie niemandem zuordnen konnte. So etwas ließ ihr keine Ruhe. Sie wußte genau, wer was fuhr – ohne Ausnahme.

»Bei Katja! Sie sind doch gerade eben in den Keller verschwunden, jetzt schleichen sie schon wieder durch die Gegend, Joschka und sie.«

Das war allerdings so interessant, daß es Nic von dem Motorroller ablenkte. »Du meinst, sie packt es nicht?«

»Ich weiß nicht«, meinte Doro. »Glücklich sieht sie nicht gerade aus – und wenn mich nicht alles täuscht, dann macht der gute Joschka sogar einen total abgenervten Eindruck.«

»Mhm!« Gemeinsam sahen sie den beiden nach. »Und was machen sie jetzt?« fragte Nic. »Was gibt's denn auf dem Dach des Hauses so Interessantes zu sehen, daß sie da hochstarren?«

Doro zuckte mit den Schultern. Katja und Joschka machten sich wieder auf den Weg und verschwanden erneut im Haus. »Wahrscheinlich suchen sie die beste Stelle«, mutmaßte sie. »Das erste Mal ist schließlich was ganz Besonderes!«

Das sagte sich auch Katja, während sie hinter Joschka zum Flachdach des Hauses hochstieg. Sie erreichten es durch eine kleine Luke. Über ihnen wölbte sich ein klarer Sternenhimmel. Es war wirklich wunderschön hier. An diesem Ort konnte es nichts mehr auszusetzen geben. Von unten dröhnte die Musik herauf, die bunten Partylichter im Garten wirkten wie exotische

Blumen. Von hier oben hatte das Ganze etwas Unwirkliches und Romantisches. Genau das Richtige.

Joschka umschlang sie von hinten mit beiden Armen. »Besser?« fragte er.

Sie nickte. Viel besser war es hier. Er begann erneut, sie zu küssen, und diesmal fummelte er selbst an seinem Gürtel herum. Sie hörte einen Reißverschluß, und gleich darauf sank Joschkas Hose zu Boden. Dann fühlte sie Hände an dem Verschluß ihrer Jeans.

Vergessen waren der wunderschöne Sternenhimmel, die romantische Atmosphäre, der einmalige, ideale Platz, den Joschka hier oben gefunden hatte. »Joschka?«

»Was ist denn jetzt schon wieder?« Das klang mehr als nur ein bißchen genervt.

»Ich hab' Höhenangst«, gestand Katja verschämt.

Er ließ sie sofort los und starrte sie einige Augenblicke lang wortlos an. Dann zog er seine Hose hoch, wandte sich um und verließ das Dach. Was zuviel war, war zuviel. Er hatte genug, endgültig genug.

Katja schnaufte schwer, als läge eine ungeheure Anstrengung hinter ihr. Sie war ein bißchen gekränkt, daß Joschka einfach so abgezogen war, aber vor allem war sie unendlich erleichtert.

Langsam stieg auch sie wieder nach unten. Als sie im ersten Stock an der Toilette vorbeikam, vor der vor einer halben Ewigkeit Miriam gewartet und ihr aufmunternd zugezwinkert hatte, hörte sie von innen eine dumpfe Stimme. Verblüfft blieb sie stehen und lauschte. »Hundertneunzig, hunderteinundneunzig, hundertzweiundneunzig ...« Jetzt fiel ihr auch auf, daß die Tür völlig demoliert war. Was für ein Drama mochte sich da abgespielt haben?

»Hundertfünfundneunzig, hundertsechsundneun-
zig ...«

Kopfschüttelnd ging sie weiter. Ein Verrückter, ganz
klar. Hatte auf einer Party nichts Besseres zu tun, als
auf einem demolierten Klo zu sitzen und zu zählen.

Frauen mit Erfahrung

Katja stieg auf der Treppe über einige Jungen hin-
weg, die völlig hinüber waren und keinen sehr schönen Anblick boten. Zwei von ihnen schnarchten außerdem ziemlich laut. Um sie herum lagen überall leere
Bierflaschen. Einer schlief nicht, war aber dennoch weg-
getreten, denn er kicherte ohne ersichtlichen Grund
vor sich hin.

Katja erspähte eine Flasche, die noch nicht leer war.
Ohne lange zu überlegen, ergriff sie diese, setzte sie
an und trank sie in einem Zug aus. Das brachte jedoch
nur für kurze Zeit die Illusion, sich besser zu fühlen.
Zu allem Überfluß wurde es Katja dann auch noch spei-
übel.

Sie ging nach draußen und ließ sich in einen Liegestuhl in der Nähe des Gartenteichs fallen. Die Sonne ging gerade auf und tauchte den noch am Tag
zuvor so gepflegten Garten in ein sanftes Licht. Überall lag Müll von der Party herum. Ein Bild der Ver-
wüstung.

Zwischen all dem Unrat lagen vereinzelt Pärchen,
die wohl romantischer veranlagt waren als Katja. Als
sie den Blick umherschweifen ließ, entdeckte sie auch

Joschka, der mit einem Mädchen zusammen in einem Schlafsack lag. Das Mädchen – es sah fast aus wie Anika – lag ganz dicht an ihn geschmiegt und streichelte im Halbschlaf zärtlich seinen nackten Oberkörper. Katja seufzte und stützte den Kopf auf die Hände.

Jemand setzte sich neben sie. Katja blickte auf und sah Doro neben sich.

»Ich bin zu blöd, stimmt's?« fragte sie kleinlaut.

»Ach, Quatsch. Laotse sagt: Das Schwierigste ist das, was man tun muß, aber noch nie getan hat.«

»Sprücheklopfer, dieser Laotse, was?«

Doro grinste

Trübe fuhr Katja fort: »Und mit meiner Mutter werde ich jetzt auch noch Riesenärger kriegen. Wenn es sich wenigstens gelohnt hätte! Aber ich hab' einfach keine Lust, mein Leben lang an eine Nacht in einem Atombunker denken zu müssen ...«

»Oder auf einem Flachdach.« Doro grinste. »Aber zumindest wegen deiner Mutter mußt du dir keine Sorgen machen. Ich habe sie angerufen und gesagt, du würdest bei uns schlafen.«

»Echt? Danke.«

Sie schwiegen. Um sie herum schliefen weiterhin alle, die Sonne stieg langsam höher.

»Sag mal, Doro«, begann Katja zögernd. Sie wußte nicht, ob sie die Frage, die ihr auf der Zunge brannte, einfach so stellen konnte.

»Ja?« Doros Stimme klang nicht ablehnend, und Katja fühlte sich ermuntert.

»Wie war das eigentlich bei dir, das erste Mal?«

»Bei mir?« Doros Stimme bekam etwas Verträumtes. »Ganz irre, voll romantisch ... Weißt du, das war noch drüben, in Japan. Mit einem älteren Mann. Mit meinem Jiujitsulehrer.«

Ein älterer Mann! Ja, das war bestimmt etwas ganz Besonderes, das konnte Katja sich gut vorstellen. Der hatte Erfahrung, und wenn er Doro wirklich gern gehabt hatte, dann konnte das natürlich ein wunderbares Erlebnis gewesen sein.

Doro erzählte leise weiter. »Das war nicht nur körperlich zwischen uns, sondern eine tiefere, seelische Beziehung.« Sie sah ihren Lehrer wieder vor sich. Wie alt mochte er gewesen sein damals? Fünfundzwanzig vielleicht, während sie selbst gerade dreizehn gewesen war.

Er war ein schöner Mann und ein begnadeter Lehrer. Sie hatte ihn von Anfang an angehimmelt und immer gewußt, daß er ihr irgendwann seine Aufmerksamkeit schenken würde.

Da war etwas zwischen ihnen gewesen, wenn sie einander auf der Matte gegenübergestanden hatten.

»Wir konnten die Schwingungen so aufeinander harmonisieren, daß wir schon bei der kleinsten Berührung zum Höhepunkt kamen ...«

Eines Tages war es dann passiert. Mit einem Schrei hatte er sie durch die Luft gewirbelt und es so eingerichtet, daß er plötzlich auf ihr lag. Wie überrascht sie gewesen war! Und dann hatten sie einander wieder angesehen. Unvergeßlich, dieser Blick!

Katjas Stimme schreckte sie auf. »Heißt das, ihr habt's gar nicht richtig miteinander gemacht?«

Doro blinzelte in das heller werdende Sonnenlicht und versicherte hastig: »Doch, doch, natürlich schon!« Dann versank sie wieder in ihren Erinnerungen. Wie er sie angesehen hatte! Das war ihr durch und durch gegangen. »Das war ein Erlebnis, für das es überhaupt keine Worte gibt. Zumindest in der deutschen Sprache nicht!«

An die Fortsetzung erinnerte sie sich nicht so gern, aber so genau mußte sie Katja die Geschichte ja nicht erzählen. Bis dahin war alles gut gelaufen: der schöne Lehrer, sein perfekter Wurf, mit dem er sie auf die Matte gelegt hatte, seine Augen, die sie in ihren Bann schlugen, die atemlosen Sekunden, in denen sie einander unverwandt angesehen hatten. Ja, und das war es dann aber auch schon gewesen.

Katja war Doros Bericht atemlos gefolgt. »Multiple Orgasmen?« fragte sie atemlos.

»Genau!« behauptete Doro und kehrte in Gedanken wieder zu dem Moment zurück, als ihr Lehrer auf ihr lag und ihr in die Augen sah. »Und zwar mehrere hintereinander!«

»Wie schööön«, sagte Katja, und es klang sehnsüchtig.

»Na, wie war's?« erkundigte sich Frau Krämer. Sie behielt für sich, daß sie ziemlich schlecht geschlafen hatte. Katja war schließlich erst sechzehn!

»Klasse!« versicherte Katja. »Unheimlich viele Leute, die meisten sahen total schrill aus.«

»Schrill?«

»Na ja, aufgestylt und so. Du weißt schon! In Phantasiekostümen, mit Perücken, geschminkt ... Einige hab' ich echt nicht sofort erkannt. Aber andere sahen auch normal aus. Also, aufgefallen bin ich nicht.«

Ihre Mutter sah sie liebevoll an. Sie war froh, daß Katja meistens aussah wie Katja. Die Zeit des ›Aufstylens‹ würde noch früh genug kommen.

»Ein Superhaus ist das, wo wir gefeiert haben. Riesiger Garten, die hatten sogar 'nen Teich, stell dir das mal vor.« Kein Wort von den Jungs, die heute morgen besoffen überall herumgelegen hatten, von dem zerstörten Garten, der eingetretenen Toilettentür, den Pärchen ... Das war nichts, was man einer besorgten Mutter erzählte.

»Und bei wem hast du nun übernachtet?«

»Bei Doro, die dich angerufen hat«, antwortete Katja schnell und sah ihre Mutter schuldbewußt an. Aber die schien keinerlei Mißtrauen zu hegen.

»Ich hab' mir ein bißchen Sorgen um dich gemacht«, gestand sie nun doch. »Es ist so ungewohnt, wenn du nachts nicht zu Hause bist.«

»Jetzt bin ich ja wieder hier«, tröstete Katja. »Aber es schadet bestimmt nicht, wenn du schon mal ausprobierst, wie es ohne mich ist. Irgendwann gehe ich ja wirklich weg.«

»Das hat aber noch ein bißchen Zeit!« Frau Krämer sah fast erschrocken aus, und ihre Tochter lachte.

»Klar, ein bißchen schon noch! Ich bin ja erst sechzehn!«

»Eben!« stellte ihre Mutter nachdrücklich fest.

Miriam saß auf Katjas Bett und blätterte in einer Jugendzeitschrift, während Katja auf dem Bett lag und nervös ein Kissen knetete. Endlich schien Miriam gefunden zu haben, was sie suchte, denn sie hörte auf zu blättern und fing an zu lesen. Sie hörte sogar kurz mit dem Kaugummikauen auf, es schien also spannend zu sein.

Schließlich sah sie hoch und sagte: »Hier, ich hab's. Also, paß auf: ›Sex ist das Schönste, was ein Pärchen gemeinsam erleben kann. Am besten ist es bei trauter Zweisamkeit und bei Kerzenschein ...‹« Sie unterbrach sich. Es schien doch nicht die richtige Stelle zu sein. »Laber, schwall, sülz.« Sie blätterte weiter.

Katjas Stimme klang verzweifelt. »Gibt's da keinen Praxisteil?«

»Moment«, murmelte Miriam und suchte weiter. Dann fing sie erneut an vorzulesen: »Hier, hör dir das an! ›Auch die Oberschenkelinnenseiten sind bei dem Jungen eine der erogensten Zonen. Laß deine Hände langsam an seinen Oberschenkeln hochgleiten, bis du seinen Penis berührst ...‹« Sie fuhr mit einer Hand langsam Katjas Bein hoch und zog dazu eine alberne Grimasse.

Katja kicherte genauso albern und schlug ihr auf die Finger. Doch dann sprang sie nervös auf, immer noch das Kissen knetend, und rannte im Zimmer hin und her. »O Scheiße, ich hab' voll den Bammel! Aber den totalen Bammel!«

Miriam blieb gelassen und stellte fest: »Das ist doch normal. Das hat jede.«

Diese Auskunft beruhigte Katja jedoch keineswegs. Was nützte es ihr, wenn es den anderen genauso ging wie ihr? Deshalb hatte sie kein bißchen weniger Bammel! Sie blieb stehen und fragte zögernd: »Sag mal, machst du es eigentlich immer mit Kondom?«

»Na klar!« antwortete Miriam. Es hörte sich so an, als

wundere sie sich über die Frage. »Meinst du, ich bin lebensmüde?«

Katja schüttelte den Kopf, schämte sich ein bißchen. Die Frage war wirklich blöd gewesen. Aber nun hatte sie einmal angefangen und konnte auch weitermachen. »Und? Ist das denn nicht kompliziert?«

»Quatsch!« Miriam klang sehr sicher. »Was soll denn daran kompliziert sein?«

Katja druckste herum. Das Gespräch war ihr peinlich, sie hatte ja wirklich überhaupt keinen blassen Schimmer. »Ich meine«, begann sie zögernd und fuhr dann energisch fort: »Ich meine, geht das leicht rüber – über das Ding?«

Wieder antwortete Miriam ohne das geringste Zögern. Sie hatte ›die Sache‹ offensichtlich schon oft und ohne Probleme hinter sich gebracht. »Total einfach!« Sie suchte nach einem Vergleich und fand ihn schließlich auch. »Ungefähr so, als wenn du 'nen Gummistiefel anziehst.«

Katja machte große Augen. »Echt? Scheiße! Für meine Reitstiefel brauch' ich immer zwanzig Minuten.«

Der Vergleich war also schlecht gewesen, aber Miriam ließ sich nicht beirren. Sie wußte trotzdem Rat. »Dann laß ihn das machen. Jungs, die können das.« Aus ihrer Stimme klang jahrelange Erfahrung, und Katja beruhigte sich ein bißchen. »Die üben das«, fuhr Miriam fort, »sobald sie das erste Mal 'nen Ständer haben.«

Sie schwiegen beide. Katja war in Gedanken beim kommenden Abend, an dem ›es‹ endlich passieren sollte – diesmal mit Sven. Sie war wild entschlossen, die Sache diesmal durchzuziehen, egal, was passierte. Noch so einen Reinfall wie mit Joschka konnte sie sich nicht erlauben, das war klar. Wie hätte sie denn sonst vor der Gang dagestanden? Aber sie hatte echt Schiß, immer noch.

Auch Miriam hing ihren Gedanken nach. Durch das Gespräch mit Katja sah sie sich unvermutet mit einer Erinnerung konfrontiert, die nicht zu ihren liebsten zählte. Das war nun auch schon eine Weile her, aber davon konnte sie Katja nichts erzählen, die war ohnehin schon so nervös! Wenn sie dann noch gehört hätte, was ihr selbst passiert war, dann hätte sie sicher gleich entnervt aufgegeben. Nein, nein, Katja mußte unterstützt und nicht verunsichert werden durch diese blöde Geschichte damals.

Wie hatte der Junge geheißen? Es fiel ihr nicht mehr ein. Verdrängt vermutlich. Aber die Szene stand so deutlich vor ihr, als habe sie sich erst gestern abgespielt: der Junge und sie in seinem Zimmer, ganz allein in der Wohnung. Die Eltern waren ausgegangen. Alles war genau, wie es sein sollte und wie diese Zeitschrift es ja auch beschrieb: Kerzenlicht, gemütliche Atmosphäre, sie waren beide bereits nackt. Nein, sie, Miriam, hatte noch ihren BH angehabt. Irgendwie hatte sie sich damit sicherer gefühlt. Aber sonst ...

Nun sollte es also passieren, da sie aber beide keinerlei Erfahrung hatten, studierte der Junge stirnrunzelnd die Gebrauchsanweisung. »Wenn Sie das Kondom abrollen«, las er vor, und Miriam hörte noch genau, wie seine Stimme geklungen hatte, ein wenig heiser nämlich, »achten Sie darauf, daß der Abrollrand außen ist.« Ratlos hatten sie beide auf das Kondom gestarrt, die Stimme des Jungen mittlerweile leicht verzweifelt, mit einem Unterton von Panik. »Abrollrand? Wo soll 'n der sein?«

Sie hatten es schließlich gemeinsam herausgefunden, und erleichtert hatte er gesagt: »Ach, hier ...« Dann hatte er nervös herumgenestelt, und sie hatte ihm dabei zugesehen. Was hätte sie auch sonst tun sollen?

Schließlich sein erleichterter Stoßseufzer: »So, das hätten wir!«

Das Folgende war schlimm gewesen, für ihn, aber auch für sie. Sie hatte ihn angesehen, gemeinsam hatten sie sein bestes Teil studiert, und dann war es ihr herausgerutscht, und es hatte zu allem Unglück auch noch leicht mitleidig geklungen: »Das Einzige, was uns da wohl noch fehlt, ist ein halbwegs vernünftiger Ständer.«

Der Junge hatte ihr nie verziehen. Noch heute sah er weg, wenn sie einander begegneten. Kein Wunder, daß sie seinen Namen vergessen hatte. Jedenfalls war das im Augenblick wirklich keine Geschichte für Katja. Nicht einmal sie selbst erinnerte sich schließlich gern daran.

Sie riß sich von ihren Gedanken an die Vergangenheit los und kehrte zurück in die Gegenwart, in Katjas Zimmer. Nach einem aufmerksamen Blick in die Runde fragte sie: »Sag mal, wie willst du es denn eigentlich machen?«

Katja, die sich in der Zwischenzeit wieder aufs Bett gelegt hatte, fuhr mit einem Ruck in die Höhe, das Gesicht völlig verständnislos. »Wie? Was meinst du damit, Mann? Ich bin Anfängerin!«

Ihre Stimme klang so verzweifelt, daß Miriam lachen mußte. »Nein, ich meine: wann und wo?« Sie wurde wieder ernst, die Stimme mahnend. Sie mochte Katja gern und wollte sie unbedingt als Mitglied in der Gang halten. »Kleine, diesmal mußt du aber richtig rangehen!«

Katja stieß einen Seufzer aus. »Ja, ja, das weiß ich doch! Also: Zuerst gehen wir ins Kino und danach hierher. Meine Mutter ist heute abend nicht da.«

Miriam nickte. »Hört sich cool an.« Gegen diesen Plan war bis dahin wirklich nichts einzuwenden, fand sie. Ein bißchen Kino zum Aufwärmen konnte jedenfalls nicht schaden. Und wenn die beiden danach wirklich ihre Ruhe hatten, würde die Sache schon laufen.

Also weiter! Es gab schließlich noch andere Punkte, über die man sich Gedanken machen mußte. Sie betrachtete Katja mit kritischen Augen. »Und was willst du anziehen, damit er's dir wieder ausziehen kann?«

Bereitwillig sprang Katja vom Bett und baute sich vor Miriam auf. »Na, das hier!« sagte sie und drehte sich einmal um die eigene Achse. Danach sah sie Miriam erwartungsvoll an, die Katjas kurzen, roten Stretchrock und das in der Taille verknotete karierte Hemd stirnrunzelnd betrachtete.

Ihr Urteil ließ nicht lange auf sich warten. »Der Rock ist perfekt«, stellte sie nüchtern fest. »Aber das Hemd ist Scheiße.«

»Ich habe nichts anderes!« sagte Katja und sah betrübt auf ihr Lieblingshemd. Eigentlich konnte sie Miriams herbe Kritik nicht teilen, aber sie war schließlich die Frau mit Erfahrung, da war jeder Widerspruch überflüssig. Sie wußte bestimmt, wovon sie sprach.

Miriam hatte eine Idee und stand ebenfalls auf. Sie streifte sich ihr Top über den Kopf. Drunter trug sie einen roten, spitzenbesetzten BH, aber das nahm Katja nur aus den Augenwinkeln wahr. Es ging ja nicht um Miriam, sondern um sie selbst.

»Probier das mal!« sagte Miriam und hielt Katja ihr Top hin. Mit dem kurzen, roten Rock zusammen, fand sie, müßte es eigentlich gehen.

Katja ging bereitwillig auf diesen Vorschlag ein. Sie hätte alles getan, um den vor ihr liegenden Abend zu einem Erfolg zu machen. Und wenn ein knappes Top dazu beitragen konnte, dann sollte es ihr nur recht sein.

Sie schälte sich aus ihrem karierten Hemd und wollte gerade nach dem Top greifen, als Miriam es schnell zurückzog.

Sie trat ganz nahe an Katja heran, tat so, als sei sie ein bißchen kurzsichtig. »Das ist doch wohl nicht dein Ernst, oder?« Mit spitzen Fingern griff sie nach dem Wäschestück, das unter Katjas kariertem Hemd zum Vorschein gekommen war. Es handelte sich um ein Teil, das einem Kinderhemdchen verblüffend ähnlich sah: weiß, mit bunten Motiven bedruckt.

Katja blickte an sich herunter, schaute auf Miriams scharfen BH und wieder auf ihr Hemdchen. »Oh, no!« stöhnte sie.

Miriam nickte wissend und ließ ihren Blick von dem Kinderhemd aus langsam durch das gesamte Zimmer schweifen. Bisher hatte es Katja immer gut gefallen, aber nach den Erkenntnissen der letzten Minuten sah sie es auf einmal mit Miriams Augen, und was sie erblickte, war folgendes: Auf jedem Regal, dem Schrank, dem Bett und sogar auf dem Fußboden und dem Fensterbrett standen Stofftiere herum. Was heißt, sie standen? Sie drängten sich zu Hunderten und saßen zum

Katja versucht Anika wiederzubeleben. Ein peinlicher Auftritt, aber was kann man von einem Landei auch anderes erwarten?

Die Fun-Gang macht die Stadt unsicher. Auf Inline-Skates mischen die fürchterlichen Vier die Fußgängerzone auf.

Jürgi ist ein beliebtes Opfer der Fun-Gang: Nur eine brennende Fußballzeitung ist eine gute Fußballzeitung.

Katja kann es nicht fassen: Diesen ekligen Riesenfisch muß sie küssen, um in die Fun-Gang aufgenommen zu werden?

Doros kleiner Bruder Bert belauscht die Mädels und erfährt so, daß Katjas Aufnahme noch an eine zweite Bedingung geknüpft ist.

Katja ist froh, daß Miriam, Doro, Nic und Anika ihr helfen wollen, den Richtigen für ihr »erstes Mal« auszusuchen.

Joschka vermag Katja überhaupt nicht in Stimmung zu bringen.

Wie wäre es denn mit Gero?

Himmel, daß es so viele Nieten auf der Welt gibt! Enttäuscht berichtet Katja den anderen von einem erneuten Mißerfolg.

Marc wartet vor der Schule und spricht Katja an.

Die Mädels der Fun-Gang lassen Katja nicht aus den Augen.

Miriam, Nic und Doro freuen sich mit Katja darüber, daß es mit Marc zu klappen scheint - nur Anika steht abseits.

Mit Marc zusammen fühlt Katja sich wie im siebten Himmel. Ist das Liebe?

Teil übereinander, weil nicht genug Platz für alle vorhanden war.

Miriam sprach es aus. »Und außerdem sieht es hier aus, als wär's das Zimmer deiner kleinen Schwester!«

»Ich hab' keine Schwester!« versicherte Katja.

»Genau das ist das Problem«, war Miriams trockener Kommentar.

Weitere Worte waren überflüssig. Gemeinsam machten sie sich an die Arbeit und fingen an, aufzuräumen. Die roten Herzchen-Kissen auf dem Sofa durften bleiben, ebenso das Pferdeposter, von dem sich Katja unmöglich trennen konnte, obwohl Miriam es mit diesem kritischen Blick betrachtete, der eigentlich hieß: Weg damit. Aber sie merkte, daß das wohl doch zuviel verlangt war, und erlaubte gnädig, daß es hängenblieb.

Dafür war sie bei den Stofftieren ganz radikal. Nicht ein einziges durfte bleiben. Die Frage war nur, wohin mit der ganzen Sammlung? Es waren einfach viel zu viele, und es gab nur eine Möglichkeit, sie unterzubringen: Sie mußten in den Schrank! Der war natürlich eigentlich viel zu klein, aber irgendwie schafften sie es mit vereinten Kräften doch, den gesamten Zoo hineinzustopfen und die Schranktür auch noch dahinter zu schließen.

Nach dieser Aktion sahen sie sich aufatmend um. »Viel besser!« stellte Miriam fest, und Katja konnte ihr nur zustimmen. Hier wohnte eine erwachsene Frau, gar keine Frage.

Frau Krämer öffnete am frühen Abend die Tür zu Katjas Zimmer, um sich von ihrer Tochter zu verabschieden. »Was ist denn hier passiert?« rief sie aus und sah sich erstaunt um. »Wo sind deine Tiere geblieben?«

»Weggeräumt!« erklärte Katja. »Ich fand es allmählich ein bißchen zu kindlich.«

»Zu kindlich«, wiederholte ihre Mutter und warf ihrer Tochter, wie so oft, seit sie nach Essen umgezogen waren, einen nachdenklichen Blick zu. Katjas Entwicklung ging seitdem beunruhigend schnell voran.

»War das die Idee deiner Freundin?« fragte sie.

»Mhm, auch, ja«, antwortete Katja und fügte ehrlich hinzu: »Miriam hat gesagt, hier sieht's aus wie im Zimmer meiner neunjährigen Schwester.«

»Na, wenn Miriam das gesagt hat ...« Frau Krämer lächelte ihrer Tochter zu. Ganz falsch war Miriams Bemerkung nicht, das mußte sie insgeheim zugeben. Aber ihr hatte es gefallen, daß Katja noch ein bißchen kindlich war. Offenbar änderte sich das nun gerade. Sie wechselte das Thema. »Übrigens sollten wir bald mal ins Sauerland fahren. Raisulih soll sehr traurig sein, seit du nicht mehr da bist. Ich hab' gestern abend mit Frau Bauer gesprochen.« Frau Bauer war ihre frühere Nachbarin.

Raisulih! Katja fühlte, wie ihr heiß wurde. »Ist er krank?« fragte sie ängstlich.

»Krank wohl nicht, aber er läßt anscheinend den Kopf hängen«, berichtete ihre Mutter. »Will nicht mehr richtig fressen und so.«

Raisulih ging es also schlecht. Und was tat sie? Nicht, daß sie ihn vergessen hatte, bestimmt nicht, aber sie hatte jedenfalls nicht so oft an ihn gedacht wie in den ersten Tagen in Essen. Es war soviel passiert seit ihrem

Umzug, und das Leben war auf einmal so aufregend geworden, da war Raisulih einfach ein bißchen in den Hintergrund gerückt. Das war doch auch natürlich, verteidigte sie sich vor sich selbst.

Dann fiel ihr jedoch ein, daß es nicht nur Raisulih war, den sie in Gedanken vernachlässigt hatte. Ihr letztes Gespräch mit Maria lag auch schon eine ganze Weile zurück. Sie schämte sich, fand sich selbst treulos, konnte aber doch nichts daran ändern, daß sie ihr neues Leben aufregender fand als das frühere, das Leben auf dem Dorf. »Ja, laß uns bald mal hinfahren!« sagte sie unbestimmt.

Ihre Mutter nickte und sagte: »Ich geh' dann mal. Langweilig wird dir ja sicher nicht werden.«

Katja sprang auf und gab ihr einen Kuß. »Bestimmt nicht!« versicherte sie. Dann rief sie ihr noch nach: »Viel Spaß!«

Die Wohnungtür fiel ins Schloß, und Katja ließ sich aufatmend aufs Bett fallen. Endlich allein. Und jetzt kam sie, die Stunde der Entscheidung. Ihr Jungfrauendasein näherte sich dem Ende, unwiderruflich.

Von Pfeifen und Plaudertaschen

Es tröstete Katja, daß Sven mindestens genauso nervös war wie sie. Vielleicht sogar noch eine Spur nervöser. Dabei gab es eigentlich keinen Grund, denn die Voraussetzungen waren ideal.

Sie hatte die Zeitschrift mit den Anleitungen fürs erste Mal noch einmal genau studiert und für eine perfekte

Atmosphäre in ihrem Zimmer gesorgt. Das Licht war gedämpft und gemütlich, die Musik romantisch und einschmeichelnd, und sie selbst trug unter Miriams Top einen roten BH und kein Kinderhemdchen. Außerdem hatte sie auf ihre Pippi-Langstrumpf-Frisur verzichtet und trug die Haare offen. Sie fand sich ziemlich verführerisch, und außerdem war sie an diesem Abend zum Äußersten entschlossen. Sie würde nichts, aber auch gar nichts, dem Zufall überlassen.

Ein bißchen blöd war es freilich, daß Sven sich benahm wie das berühmte Kaninchen vor der Schlange. Er schien vor Schreck erstarrt zu sein. Als Katja routiniert begann, seinen Oberkörper zu streicheln, ließ er sich das zwar gern gefallen, aber er selbst dachte nicht daran, auch irgend etwas zu tun.

Sie ließ sich nicht entmutigen, sondern küßte ihn stürmisch. Immerhin leistete er keine Gegenwehr. Sie erinnerte sich an das, was sie zuvor gelesen hatte und probierte aus, wie erogen die Innenseiten seiner Oberschenkel waren. Svens Atem wurde schwer, sein Blick bekam etwas Starres.

Katja beschloß, das für eine ermutigende Reaktion zu halten. Offenbar drohte ihn die Lust zu überwältigen. Sie nutzte die Gelegenheit, sich das Top abzustreifen und ihm ihren roten BH vor Augen zu führen. Er schnappte hörbar nach Luft, und sie machte da weiter, wo sie zuvor aufgehört hatte.

Hoffentlich wurde er bald ein bißchen munterer, sie hatte eigentlich nicht damit gerechnet, daß sie die ganze Arbeit allein machen mußte! Sie schenkte ihm ein Lächeln, von dem sie hoffte, daß es zugleich beruhigend und aufreizend war, und begann, als habe sie das schon mindestens tausendmal gemacht, seine Hose zu öffnen.

Svens Atem ging nun noch schneller, und plötzlich fuhr er auf. Verwirrt starrte sie ihn an – was hatte er denn bloß auf einmal? Es war doch bisher alles super gelaufen! Dann erst merkte sie, daß sich auf seiner Hose langsam, aber sicher, ein nasser Fleck ausbreitete.

Sven hielt schützend seine Hände über die nasse Stelle und stammelte: »Ich ... äh, also ich muß sofort nach Hause! Entschuldige bitte!«

Katja erinnerte sich dunkel, etwas über ›vorzeitigen Samenerguß‹ gelesen zu haben, aber sie hatte sich nicht weiter darum gekümmert, denn so etwas war in ihrem Plan nicht vorgesehen. Deshalb wußte sie in dieser Situation auch nicht, was sie sagen sollte. Sollte sie ihn trösten? Oder ihm versichern, daß das überhaupt nichts machte? Vorsichtshalber sagte sie gar nichts, sondern blieb einfach, wo sie war und beobachtete Svens verzweifelte Versuche, die Tür zu erreichen, ohne daß der Zustand seiner Hose allzu deutlich sichtbar wurde.

Bevor sie ihn noch warnen konnte, hatte er in seiner Verwirrung die Schranktür aufgerissen, und eine Flut von Kuscheltieren ergoß sich über ihn, was ihn leider noch jämmerlicher aussehen ließ. Dann erst erwischte er die richtige Tür und stolperte nach draußen.

Katja streckte sich zutiefst deprimiert auf ihrem Bett aus. Der zweite Versuch war also auch gescheitert, aber wenigstens hatte es diesmal nicht an ihr gelegen. Die Sache war schwieriger, als sie gedacht hatte.

Natürlich hatte Katja den anderen am nächsten Morgen sofort berichtet, was passiert war, und war ausführlich bedauert worden. Danach stand Katja mit Miriam, Nic und Doro vor dem alten Verkaufswagen an der Schule. Marley, der Freak, dem der Wagen gehörte, rasierte sich gerade und hatte dazu das Radio voll aufgedreht. Die laute Musik verscheuchte die trüben Gedanken, und Katja fühlte sich bereits ein bißchen besser. Was war denn schon passiert? Sie würde es eben ein weiteres Mal probieren. Aber so ganz hatte sie ihren früheren Optimismus noch nicht wiedergewonnen.

Aber als sie dann sah, daß sich auf der anderen Straßenseite Sven der Schule näherte, sank ihre Laune sofort wieder unter den Nullpunkt. An den gestrigen Abend wollte sie von nun an nicht mehr erinnert werden. Am besten, man bedeckte die traurigen Ereignisse mit dem Mäntelchen des Schweigens und ging zur Tagesordnung über. Aber die Mädels sahen das offenbar völlig anders.

Am liebsten hätte sie sich in Luft aufgelöst, als Nic neben ihr einen gellenden Pfiff ausstieß und laut über die Straße rief: »Hey, Svenni-Boy, das war ja wohl neuer Weltrekord gestern!«

Oh, nein, wie konnte sie nur! Aber Doro war auch nicht besser, denn sie rief fröhlich: »Wer zu früh kommt, den bestraft das Leben.'«

Sie konnten sich vor Lachen kaum halten, nur Katja wußte nicht, wohin sie schauen sollte. Die ganze Angelegenheit war ihr megapeinlich.

Sven blieb kurz stehen und warf den Mädchen einen giftigen Blick zu. »Ach, ihr seid ja total bescheuert!«

Dann lief er weiter, ein bißchen schneller als zuvor und versuchte, so zu tun, als seien die Mädels gar nicht da.

Katja ließ den Kopf hängen. Die kleine Episode hatte gereicht, um die Welt erneut grau in grau erscheinen zu lassen. Nic legte ihr kameradschaftlich einen Arm um die Schultern. »Ach, komm, laß dich nicht so hängen! Es gibt auch noch echte Kerle!« versicherte sie aufmunternd.

»Mm«, brummelte Katja, wenig überzeugt. Es war wohl doch so, daß sich alles gegen sie verschworen hatte – jedenfalls hatte sie allmählich diesen Eindruck.

Immer mehr Jungen und Mädchen strömten mittlerweile zur Schule, denn der Beginn der ersten Stunde rückte näher. Unter ihnen war auch Anika, die sofort auf sie zukam, als sie die anderen bei Marley stehen sah. Sie war ziemlich aufgeregt und platzte auch sofort heraus mit dem, was sie gerade gehört hatte.

»Hey, stimmt das?« fragte sie Miriam.

Diese machte ein skeptisches Gesicht. »Was denn?«

»Womit Jürgi gerade in der Bahn rumgeprotzt hat?«

Alle schienen neugierig darauf, zu erfahren, was Anika zu berichten hatte – außer Miriam.

»Wie bitte? Mit dem redest du?« meinte sie gereizt.

»Na, immerhin rede ich nur mit ihm! Und ...« Anika konnte die Neuigkeit kaum mehr für sich behalten, war sich aber zugleich der Ungeheuerlichkeit dessen bewirkte, was sie zu sagen hatte. Sie senkte die Stimme ein wenig, was ihren weiteren Worten noch mehr Dramatik verlieh. »... und knutsche nicht gleich mit ihm rum!«

Das schlug ein wie ein Blitz. Alle starrten zuerst Anika

an und dann Miriam. Katja war völlig verwirrt. Miriam und Jürgi? Das konnte ja wohl nur ein Witz sein.

»Wer knutscht mit ihm rum?« fragte Miriam, die Brauen unheilverkündend zusammenzogen.

Anika, noch ganz im Bann der eben erst gehörten Geschichte, bemerkte davon nichts und sagte, fast triumphierend: »Na, du! Auf Elmars Party habt ihr auf dem Klo rumgemacht ... hat er erzählt!«

Nach dieser Eröffnung waren alle völlig entgeistert und starrten Miriam an. Auf dem Klo? Vor Katjas innerem Auge tauchte Miriam auf, die wartend vor der Toilette stand. Und später war die Tür demoliert gewesen, und im Bad hatte sie die Stimme eines Jungen gehört, der gezählt hatte. Aber das ergab keinen Sinn – überhaupt keinen!

Miriam hatte sich von ihrem Schrecken schnell erholt und fing an zu toben – genauso wie damals, als Katja sie zum erstenmal gesehen hatte. Da war es allerdings der Rektor der Schule gewesen, den sie angeschrien hatte. Diesmal war es Anika, die auf einmal wirkte wie ein verschrecktes Huhn. »Und du hast ihm das auch noch geglaubt, ja?« Miriam hatte beide Hände in die Seiten gestemmt und blitzte Anika herausfordernd an. »Sag mal, wie blöd kann eine Frau eigentlich sein? Soviel Idiotie gehört aus der Gang geworfen!«

Anikas Gesicht, auf dem kurz zuvor noch freudige Erregung gelegen hatte, wechselte innerhalb von Sekundenbruchteilen den Ausdruck. »Quatsch!« versicherte sie hastig. »Natürlich hab' ich das nicht geglaubt! Ich bin ja nicht blöde!«

Katja war zutiefst erleichtert, die anderen auch. Natürlich war an der ganzen Sache nichts dran, wie hatten sie das auch nur einen Moment lang annehmen können? Miriam doch nicht!

Immerhin hatte der kleine Zwischenfall Katja von ihren eigenen Sorgen ein wenig abgelenkt, Und das blieb erst recht so, als Miriam von der Abwehr in den Angriff überging und vorschlug: »Wißt ihr, was ich glaube? Wir sollten einem dieser Schwanzträger mal wieder eine Lektion erteilen!«

Bei so einem Vorschlag ließen sich die Mädels der Fun-Gang nicht lange bitten. Es war Nic, die nach einem sinnenden Blick auf Marley, der sich immer noch rasierte, sagte: »Und ich weiß auch schon, wie! Hey, Marley?!!«

Marley, der nichts hören konnte, aber sah, daß Nic etwas von ihm wollte, schaltete den Rasierapparat aus. »Was ist?«

Wortlos streckte Nic die Hand nach seinem Rasierer aus.

Es war ziemlich einfach gewesen, sich Jürgen zu schnappen und in die Mädchentoilette der Schule zu verfrachten. Er hatte nicht einmal richtig versucht, sich zu wehren. Aber das lag vermutlich daran, daß er keine Ahnung hatte, was ihm bevorstand.

Viel schwieriger als Jürgen zu ›entführen‹ war es, sich danach zu sechst in einer Toilette einzuschließen. Sie konnten ohnehin von Glück sagen, daß sie eine freie gefunden hatten. Auf den Toiletten herrschte wieder einmal Hochbetrieb. Hier wurde geraucht und abgeschrieben, es wurden Geheimnisse erzählt und Komplotte geschmiedet.

Aber das, was Jürgen nun widerfahren sollte, hatte garantiert noch nie zuvor hier stattgefunden. Er saß auf der Toilettenschüssel, den Mund ganz fest verklebt. Nic hatte darauf bestanden, daß es ein ›Schalke-Pflaster‹ sein mußte, das Jürgis Mund zum Schweigen brachte – und da die Idee gut war, hatten sie sie in die Tat umgesetzt, obwohl es gar nicht so einfach gewesen war, auf die Schnelle einen Schalke-Aufkleber aufzutreiben.

Es war ein Prachtexemplar. Groß und blau-weiß prangte er auf Jürgens Mund und machte sich wirklich gut zu dessen weitaufgerissenen Augen.

Katja, Doro, Nic und Anika hielten Jürgen fest, aber vermutlich hätte er sich, nachdem sie ihm den Mund verklebt hatten, ohnehin nicht mehr gewehrt. Er schien sich mit seinem Schicksal abgefunden zu haben.

Hinter ihm auf der Kloschüssel stand Miriam, die Marleys Rasierer in der Hand hielt. Konzentriert musterte sie Jürgens Haarpracht und sagte: »Es kann losgehen!«

Sie packten Jürgen noch fester, was wegen der Enge in der Kabine gar nicht so einfach war. Mit zufriedenem und auch ein bißchen bösartigem Grinsen senkte Miriam den Rasierapparat auf Jürgens Kopf, wo er sich zügig in die erste lange Haarsträhne fraß, die unmittelbar danach zu Boden fiel. Jürgen starrte die am Boden liegenden Haare an, als könne er nicht glauben, was er sah.

Die anderen kicherten. Eine wunderbare Aktion, hervorragend geeignet, den Ruhm der Gang zu mehren.

Die zweite Strähne fiel, noch länger als die erste.

Und nun ging es Schlag auf Schlag. Jürgen schloß die Augen. Das war das beste, was er in dieser Situation tun konnte.

Maren und Iris, frisch gewaschen und adrett gekleidet wie immer, wollten den Schulhof gerade auf ihren Rädern verlassen, als sie in der Nähe der Toiletten einen kleinen Auflauf bemerkten und Kommentare unterschiedlichster Art hörten. Sie reichten von Entsetzensbekundungen über Bewunderungsäußerungen zu unverhohlenem Spott.

Da sie sich aufregende Neuigkeiten niemals entgehen ließen – weder im Fernsehen noch im richtigen Leben –, stiegen die beiden kurz entschlossen noch einmal von ihren Rädern, stellten sie ab und drängelten sich durch die Menge. Der Anblick, der sich ihnen bot, war ungeheuerlich. Vor ihnen stand ein Junge mit ganz kurz rasiertem Haar. Das allein wäre noch nicht so schlimm gewesen, aber seine verbliebenen kurzen Stoppeln waren säuberlich blau-weiß eingefärbt, und zwar in dem Muster eines Lederfußballes. Der Effekt war verblüffend. Der Junge sah einfach grotesk aus mit seinem Fußballkopf.

Maren schrie entsetzt auf: »Iihhh! Das ist ja Jürgi!«

Auch Iris betrachtete ihn voller Abscheu. »O Gott, sieht der bescheuert aus!«

Das fanden offenbar auch einige andere, während Jürgen es mit der Flucht nach vorn versuchte: »Was denn? Ist doch voll geil!«

Ganz zufällig tauchte die Fun-Gang auf und freute sich über die zahlreichen Reaktionen auf ihr jüngstes

Werk. »Genau!« rief Doro Jürgen zu. »Wie innen – so außen. Die einen haben eine Fußballbirne, die anderen strahlen nichts als Langeweile aus!«

Alle lachten, einige klopften Jürgen tröstend auf die Schulter. Maren und Iris aber suchten eilig das Weite. Sie hätten es sich ja denken können, daß die Angeber-Gang wieder mal zugeschlagen hatte.

Zwischenspiele

Katja stand mit Miriam, Doro und Nic vor der Theke in Antonios Eiscafé Napoli. Sie spielten ein altes Spiel mit ihm, das in dieser Form für Katja allerdings völlig neu war. Es war eine Abwandlung des Hütchenspiels. Der Einsatz, um den gespielt wurde, war diesmal allerdings kein Geld, sondern Eis.

Antonio steckte eine Kirsche unter eine von drei Eiswaffeln und schob diese dann blitzschnell hin und her. Er hatte sich dabei im Lauf der Zeit eine bemerkenswerte Geschicklichkeit zugelegt. Die Mädchen mußten zum Schluß raten, unter welcher Waffel sich die Kirsche befand.

Katja bemerkte gleich, daß Antonio mindestens soviel Spaß an dem Spiel hatte, wie ihre Freundinnen. »Also, aufgepaßt,« rief er, »wo ist die Kirsche!« Bei ihm war es immer eine Kirsche, ganz egal, was er unter den Waffeln versteckte. Heute war es tatsächlich eine. »Sehr gut aufgepaßt! Uno ... due ... tre!« Rasend schnell wechselten die Eiswaffeln ihre Position. »Wo ist die Kirsche?«

»Da!« schrien Miriam, Doro und Nic. Jede zeigte auf eine andere Waffel.

Antonio strahlte. »Nicht alle zusammen!« rief er. »Du, die Neue!« Er zeigte auf Katja. »Rat mal! Wo willst du sie haben? Da? Da? Oder da?« Jede Waffel rutschte einmal kurz nach vorn, dann wieder zurück.

Katja mußte überhaupt nicht überlegen, sie hatte schließlich genau aufgepaßt. Außerdem war Antonio ein kleines Mißgeschick passiert: eine der Waffeln war kurz umgefallen, und da war keine Kirsche zu sehen gewesen! Die konnte es also schon mal nicht sein. Und bei den anderen beiden war sie ganz sicher, welche die richtige war. Sie zeigte auf die mittlere und sagte überzeugt: »Da natürlich!«

»Da?« fragte Antonio. Seine Stimme klang ein bißchen bedauernd. Er hob die Waffel hoch, aber nichts war zu sehen. Er lachte über ihr verblüfftes Gesicht. »Schade, hier wäre gewesen die Kirsche!« Er hob die Waffel hoch, die ihm einmal kurz umgefallen war – und da lag sie, die Kirsche. Katja verstand die Welt nicht mehr. Wie war das möglich?

»Tja«, fuhr Antonio strahlend fort. »Ihr habt verloren, ihr müßt singen!«

Katja sah die anderen verständnislos an, begriff aber sofort, daß auch das zum Spiel gehörte, denn Miriam schnippte mit den Fingern, zählte leise bis drei, und dann legten sie los:

»Ein alter Zocker
hat uns betrogen
und uns ganz locker
über den Tisch gezogen!
Doch jetzt ist Schlu-huß

mit diesem Stu-huß!
Mach keinen Scheiß!
Her mit dem Eis!!!«

Es war eine alte Operettenmelodie, die Katja bekannt vorkam, wenn sie auch nicht wußte, woher, aber die letzten Zeilen summte sie schon mit. Das Ganze endete natürlich in schallendem Gelächter, und als sie fertig waren, überreichte ihnen Antonio vier Waffeln Eis.

Zufrieden suchten sie sich einen Tisch. Hier kramte Katja wieder einmal die Fotos der Kandidaten hervor. Aufmerksam betrachtete sie den letzten der drei, die in die engere Auswahl gekommen waren und stellte schließlich fest: »Eigentlich sieht Gero sowieso viel besser aus als Sven!« Er hatte lustige blonde Haare, die ziemlich wild in alle Richtungen strebten, was ihm ein leicht verwegenes Aussehen gab. Er lachte fröhlich, als wüßte er, daß er fotografiert wurde und einen guten Eindruck machen mußte.

Nic machte wie immer einen praktischen Vorschlag: »Am besten, du quatscht ihn morgen in der Schule an!«

Aber damit war Miriam nicht einverstanden. »Ne, das ist Scheiße! Weißt du was? Wir treffen ihn später mal ganz zufällig im ›Zest‹!«

Das gefiel nun Doro wiederum nicht. »Ne!« widersprach sie entschieden. »Bloß keinen Kneipenaufriß! Das müssen wir irgendwie raffinierter ...« Sie grinste breit und sagte das letzte Wort mit besonderer Betonung. »... einstielen!«

Alle fingen an zu kichern, nur Katja beteiligte sich nicht an der Alberei. Sie hatte festgestellt, daß auf der Rückseite des Fotos Geros Telefonnummer notiert war, schnappte sich Miriams Handy und wählte, während die anderen weiter ihre Witze rissen und noch immer überlegten, wo und wie das erste Zusammentreffen zwischen Katja und Gero am besten stattfinden sollte.

»Ich hab's!« rief Miriam. »Der ist doch mittwochs immer im Fitness-Center!«

»Ne!« Doro war ganz sicher, daß das nicht stimmte. »Der geht doch die ganze Zeit in den Tennisverein!«

Nic wußte es am allerbesten. »Der geht weder ins Fitness-Center, noch in den Tennisverein. Der ist jeden Samstag im ›Yeti-Club‹! Da könnte sie ihn mal treffen ...«

Katja hörte ihnen nur mit halbem Ohr zu, während sie darauf wartete, daß die Verbindung zustande kam. Endlich meldete sich jemand am anderen Ende, und sie hatte Glück, denn Gero war selbst am Apparat. »Hi, Gero! Hier ist Katja!«

Bei diesen Worten schwiegen die anderen wie auf Kommando und wechselten erstaunte Blicke. Nic stieß einen ihrer gellenden Pfiffe aus, diesmal, um ihre Bewunderung auszudrücken. Auch die anderen nickten beifällig. Katja grinste, stand dann auf und ging mit dem Handy nach draußen, um ungestört telefonieren zu können.

»Wer sagt's denn!« rief Miriam aus. Sie klang ungefähr so wie eine Mutter, deren Kind gerade die ersten Schritte ganz allein gemacht hat.

»Alle Achtung!« meinte auch Doro. Richtig stolz beobachteten sie Katja beim Telefonieren, und Nic stellte zufrieden und abschließend fest: »Das Problem dürfte gelöst sein!«

Tatsächlich sah es so aus, als sei Katja erfolgreich

gewesen mit ihrem telefonischen Annäherungsversuch. Sie kam wieder herein, und sie hörten sie noch sagen: »Also dann, bis heute abend im Café Click! Ja, ciao-ciao!«

Sie schaltete das Handy aus, grinste einmal stolz in die Runde und setzte sich wieder.

»Und???« fragte Miriam, obwohl sie die Antwort ja schon kannte.

»Alles klar«, berichtete Katja zufrieden. »Heute abend im Café Click.«

»Schieß los, was hat er gesagt?« Doro wollte es ganz genau wissen.

»Was soll er schon gesagt haben?« Katja spielte die Souveräne. »›Ja, klasse‹, hat er gesagt.«

»Wie, das war alles?« Doro fand die Auskunft enttäuschend, sie hatte sich mehr erhofft.

»Ja!« behauptete Katja.

In diesem Augenblick rief Antonio: »Hey, Mädchen, hört mal zu, das ist genau das Richtige für euch!«

Er drehte das Radio auf volle Lautstärke, so daß sie verstehen konnten, was die Moderatorin gerade ankündigte: »Ja, ihr habt richtig gehört: Eins-Live sucht die Girl-Band des Jahres. Wenn ihr gut ausseht ...«

»Und ihr seht gut aus!« rief Antonio begeistert. Die Mädchen lachten geschmeichelt.

»... wenn ihr einen coolen Song habt und singen und tanzen könnt ...«

Antonio war nicht zu bremsen. »Und ihr könnt singen!« sagte er, während er kämpferisch eine Hand zur Faust ballte, als wolle er auf jeden losgehen, der es wagte, das Gegenteil zu behaupten. Wieder lachten die Mädchen. Antonio war einfach zu nett!

»... dann schickt uns ein Demo. Am ersten Ferientag ist der große Eins-Live-Girl-Band-Contest. Und die Siegerinnen ...«

An dieser Stelle drehte Antonio das Radio wieder leiser, aber Miriam, Doro und Nic hatten genug gehört. Sie schnippten rhythmisch mit den Fingern, summten ein paar Takte vor sich hin und taten so, als wollten sie anfangen zu tanzen.

Miriam sah die anderen verschwörerisch an und sagte tatsächlich: »Ey, da machen wir mit!«

Nic und Doro kreischten und lachten und fanden die Idee tierisch gut. Katja, die zuerst ganz sicher war, daß Miriam nur Spaß gemacht hatte, mußte schließlich erkennen, daß sie wieder einmal null Durchblick bewiesen hatte. Ab sofort hatte die Gang ein neues Projekt, nämlich den Girl-Band-Contest!

Über Katjas zweifelnde Miene konnten die drei anderen nur lachen. Hatten sie denn nicht gerade eben Antonio absolut bühnenreif etwas vorgesungen? Natürlich konnten sie singen, supergut sogar! Katja hatte es doch selbst gehört! Die Melodie war zwar geklaut, aber den Text hatten sie ganz allein gemacht!

Und außerdem war die ganze Sache Antonios Idee gewesen. Und der war schließlich Italiener und verstand etwas von Gesang!

Es dauerte nicht lange, bis Katja genauso überzeugt war wie die drei anderen, daß dieser Contest für die Gang wie gerufen kam. Hatte sie daran wirklich Zweifel gehabt? Niemals!

Marc und sein Freund Frank waren eifrig dabei, ihren Katamaran aufzutakeln. Sie wollten das schöne, sonnige Wetter ausnutzen und freuten sich beide darauf, die Schule und allen anderen Ärger hinter sich zu lassen.

Die beiden Jungen segelten oft zusammen, sie waren ein eingespieltes Team. Es waren daher nicht viele Worte nötig, wenn sie gemeinsam auf dem Boot waren, sie verstanden einander auch so. Die Leidenschaft fürs Segeln hatte sie außerdem zu guten Freunden gemacht.

Sie waren auf dem Gelände ihres Segelclubs, der von einem stabilen Zaun umgeben war, um Nichtmitglieder fernzuhalten. Bald war es soweit, daß sie starten konnten, und sie freuten sich auf diesen Augenblick. Der See lag glitzernd und verlockend vor ihnen, ein leiser Wind wehte – gerade soviel, wie sie brauchten!

Doch die friedliche Stille dieses warmen Nachmittags wurde unvermittelt durch lautes Rufen von jenseits des Zauns gestört. »Hi, Marc!! Hallooo!«

Es dauerte einen Augenblick, bis Marc realisierte, daß die Rufe ihm galten. Frank hatte das schon früher festgestellt, seine Arbeit unterbrochen und sich aufgerichtet. Er stieß einen leisen Pfiff aus: »Ey, was ist das denn für 'ne Braut?« Es klang durchaus bewundernd, denn das Mädchen, das er entdeckt hatte, bot einen ausgesprochen attraktiven Anblick.

Marc richtete sich ebenfalls auf, warf einen kurzen Blick hinüber und entdeckte Anika, die in einem kurzen sportlichen Kleid in Stahlblau hinter dem Zaun stand und ihm strahlend und aufgeregt zuwinkte.

Er antwortete mit einem Lächeln voll gequälter Freundlichkeit und wandte sich dann sogleich wieder dem Boot zu. »Mann, die schon wieder!« murmelte er genervt.

Aber Anika ließ nicht locker. Sie war mit ihrem Roller extra den ganzen Weg hier herausgefahren und hatte nicht vor, sich sofort entmutigen zu lassen. »Wo kommt man denn hier rein?« rief sie und wies auf den unüberwindbar hohen Zaun.

Marc überlegte kurz und machte dann eine sehr vage Bewegung, die in die Ferne wies.

Anika nickte, schwang sich wieder auf ihren Roller und bretterte los. Sie hatte es sehr eilig, schließlich war sie kurz vor ihrem Ziel angelangt. Es mußte ihr doch endlich gelingen, diesen widerspenstigen Jungen für sich einzunehmen! Wie lange war sie nun schon in ihn verknallt? Und bisher hatte ihr noch keiner widerstanden, wenn sie ihn unbedingt hatte herumkriegen wollen!

»Die hing schon auf Elmars Party wie 'ne Klette an mir«, teilte Marc seinem Freund mit, während er der entschwindenden Anika zufrieden nachsah. Dann wurde er plötzlich hektisch. »Los, komm, wir hauen ab!«

Frank sah ihn erstaunt an. »Hey, hey, jetzt mach mal halblang! Ich hab' noch nicht mal die Ruderblätter gerichtet!«

Aber der sonst so umsichtige Marc wollte nichts davon hören. »Schon in Ordnung!« sagte er ungeduldig und sah sich noch einmal um. Tatsächlich war es Anika gelungen, das Gelände zu betreten. Sie kam schon den langen Bootssteg entlanggerannt, direkt auf den Katamaran zu. »Los jetzt!« kommandierte Marc.

Und Frank begriff, daß dies offensichtlich eine

außergewöhnliche Situation war, die nach ebensolchen Maßnahmen verlangte. Er verzichtete auf weitere Einwände und half dem Freund, das Boot loszumachen. Erst als sie bereits etliche Meter vom Ufer entfernt waren, stieß Marc einen erleichterten Seufzer aus. Einen Blick zurück gestattete er sich nicht.

Anika, die den ganzen Weg über gerannt war, blieb völlig außer Atem stehen, als sie sah, daß Marc nicht mehr am Ufer war, sondern sich mit dem Boot langsam entfernte. Wütend stampfte sie mit dem Fuß auf. »Ach, Scheiße!« schimpfte sie. Sie war zu spät.

Katja kam vergnügt die Straße entlanggelaufen. Sie summte vor sich hin, zwischendurch schob sie sogar ein paar Tanzschritte ein. Der Nachmittag in Antonios Eiscafé war sehr lustig gewesen – und es war nun beschlossene Sache, daß sie einen Song aufnehmen wollten, um ihn bei Eins-Live einzuschicken. Es würde auf jeden Fall Spaß machen, es zu versuchen. Sie hatte darüber sogar vergessen, sich über den heutigen Abend mit Gero Sorgen zu machen, und das war nun wirklich ein echter Fortschritt.

Anika war überhaupt nicht aufgetaucht. Keiner hatte eine Ahnung gehabt, wo sie stecken mochte. Alle waren sich jedoch darin einig, daß sie nichts dagegen haben würde, bei einem Girl-Band-Contest mitzumachen.

Katja war schon fast zu Hause, als ihr jemand entgegenkam, den sie beinahe umgerannt hätte, so vertieft war sie in ihre Gedanken. Erst als sie hörte: »Hi, Katja, wie geht's?«, sah sie auf.

»Hi, Bertilein!« sagte sie liebevoll und wuschelte ihm durch die Haare.

Bert, der sich vorgenommen hatte, mit Katja heute ein ernstes Wort zu sprechen, war sofort wieder völlig entmutigt. *Bertilein!* Würde sie es denn nie begreifen?

Katja trat einen Schritt zurück und betrachtete ihn aufmerksam. »Sag mal, bist du gewachsen?« Zuerst hatte sie es für einen Irrtum gehalten, aber es war keiner, ganz eindeutig nicht: Er war auf einmal fast so groß wie sie, dabei war er doch vorher einen guten Kopf kleiner gewesen!

Bert wollte das Thema jedoch nicht vertiefen. »Bin ich?« fragte er, als sei das eine Frage von völlig untergeordneter Bedeutung. »Keine Ahnung!« Er hatte schließlich schon immer gesagt, daß er nicht Doros ›kleiner‹ Bruder war – es wurde Zeit, daß Katja das endlich begriff.

Er stakste ein wenig unbeholfen neben ihr her und fuhr fort: »Sag mal, hast du über mein Angebot von neulich nachgedacht?«

Katja blieb stehen und sah ihn erstaunt an. »Was denn für ein Angebot?«

Sie mußte es ihm offenbar besonders schwermachen, das schien sein Schicksal zu sein. »Komm, du weißt schon!« Er machte eine bedeutungsvolle Pause, aber sie sah ihn noch immer fragend an, so daß ihm nichts anderes übrigblieb, als weiter zu sprechen. »Heute abend hätte ich zum Beispiel Zeit«, sagte er bedeutungsvoll.

Katja lachte, und es klang unverkennbar mitleidig. »Sorry, aber ich kann nicht!« Wieder wuschelte sie durch seine Haare, dann verschwand sie im Hauseingang.

Bert konnte es nicht fassen. Er sah so erwachsen aus, wie noch nie zuvor, aber sie bemerkte es einfach nicht! Für sie war er ›Doros kleiner Bruder‹ – und wahrscheinlich würde er es auf immer und ewig bleiben!

Er schlurfte davon, ließ den Kopf hängen. Von seinem Optimismus war nichts mehr übrig. »Scheiße, Scheiße!« sagte er erbittert. »Was haben die anderen, was ich nicht habe?« Als er stolperte, blieb er stehen und streifte sich die Turnschuhe mit den geradezu abartig hohen Plateausohlen von den Füßen. Wenn nicht einmal die den gewünschten Erfolg gebracht hatten, dann war die Sache vielleicht tatsächlich aussichtslos?

... und zum dritten

Katjas gute Laune hatte angehalten, und abends schlenderte sie mit Gero völlig entspannt durch die Fußgängerzone. Sie hatte also doch etwas dazugelernt. Keine Spur mehr von der Panik, die sie nach der Pleite mit Joschka befallen hatte – zum Glück.

Außerdem konnte sie sich mit Gero gut unterhalten. Er war nicht so verklemmt wie Sven und machte es ihr leicht, in jeder Hinsicht. Sie erzählte ihm sogar von ihrem Dorf. »Eigentlich wollte ich gar nicht weg. Ist zwar nur ein kleines Kaff, aber immerhin – vierhundertneunundsechzig Einwohner. Kann du dir wahrscheinlich gar nicht vorstellen, oder?«

Gero staunte, daß so kleine Orte überhaupt existierten, und gab zu: »Ne, nicht so richtig ...«

Katja stieg auf eine kleine Mauer und balancierte darauf. Sie streckte beide Arme aus, um das Gleichgewicht nicht zu verlieren, und Gero nahm ganz selbstverständlich eine ihrer Hände, um ihr zu helfen. Er war wirklich sehr nett, das stand fest.

»Aber jetzt«, spann Katja ihre Gedanken fort, »hab' ich ja hier auch schon ein paar nette Leute kennengelernt.«

»Mich zum Beispiel«, stellte Gero fest, und es klang nicht einmal eingebildet.

Sie sah ihn an und lachte. »Zum Beispiel«, bestätigte sie.

Er zog spielerisch an ihrer Hand, und sie sprang von der Mauer, direkt in seine Arme. Er küßte sie sofort, uod er küßte wirklich gut! Wer hatte das von ihm in Vorfeld noch behauptet? Ach, war ja auch egal, es stimmte jedenfalls.

Sie ließen sich nun nicht mehr ganz soviel Zeit mit dem Herumbummeln, so daß sie schon bald darauf bei Gero zu Hause ankamen, wo er Katja ohne weitere Umstände in sein Zimmer zog. Seine Küsse waren nicht mehr so sanft wie zuvor, und Katja fühlte, wie seine Erregung auf sie übergriff. Sie erschrak auch nicht, wie noch bei Joschka, als seine Hände plötzlich unter ihr T-Shirt wanderten.

Schließlich landeten sie auf Geros Bett, auf dem eine mit Leopardenmuster bedruckte Decke lag und knutschten dort heftig weiter. Ganz nebenbei machte Gero eine der Lampen aus, so daß es noch kuscheliger wurde.

Auf einmal hob er den Kopf und sah Katja an. »Bleib mal so!« sagte er. »Du siehst gerade total toll aus!«

Das schmeichelte ihr, und amüsiert beobachtete sie,

wie er irgendwo unter dem Bett nach einer Polaroid-kamera angelte. Als er sie gefunden hatte, nahm er Katja wieder in den Arm, streckte die Hand mit dem Apparat weit von sich und sagte: »Lächeln!«

Katja zog eine Grimasse, und er drückte auf den Auslöser. Das Bild kam sofort heraus, und sie griff neugierig danach. Allmählich kamen Gero und sie zum Vorschein. Es war ein ziemlich lustiges Foto geworden, fand Katja.

Sie fing an zu kichern. »Oh, Gott, wie seh' ich denn aus?!«

»Super!« versicherte Gero.

Katja lachte und zog ihn wieder an sich. Sie küßten sich weiter, bis Gero sie erneut unterbrach. »Wartest du einen Moment hier? Ich komme gleich wieder!« Er küßte sie auf die Nase und verschwand im Badezimmer.

Echt routiniert, dachte Katja. Der erledigt die Sachen wirklich allein, wie Anika gesagt hat. Hab' ich gar nichts mit zu tun. Das war ihr nur recht.

Sie setzte sich auf und betrachtete das Foto noch einmal. Wirklich lustig! Das ganze Zimmer sah interessant aus, fand sie, und so stand sie auf, um sich ein wenig umzusehen. Eine Menge Bücher auf den Regalen, einige Sporttrophäen, auch ein bißchen Krimskrams. Spielerisch zog sie einige Bücher heraus, studierte die Titel und schob sie wieder zurück an ihren Platz. Doch, das Zimmer gefiel ihr. Und Gero auch. Diesmal hatte sie echt Glück gehabt. Wurde ja auch Zeit.

Ein dickes Foto-Leporello erregte ihre Aufmerksamkeit. Sie zog es aus dem Regal, und es entfaltete sich sofort bis auf den Boden. Unwillkürlich sah sie es sich genauer an und wollte ihren Augen nicht trauen: Die Bilder waren säuberlich von eins bis sechzehn durchnumeriert, und auf jedem war Gero mit einem anderen Mädchen zu sehen. Was hatte das denn zu bedeuten? Es dauerte ein paar Sekunden, bis sie die Wahrheit zu ahnen begann. Die Situation ähnelte verblüffend derjenigen, in der er vor wenigen Minuten auch von ihr ein Foto gemacht hatte. Aber das würde ja bedeuten ... Nein, das war einfach unmöglich.

Erneut studierte sie die Fotos und entdeckte nun, daß sie nicht nur durchnumeriert waren, sondern daß er zu jedem Mädchen auch noch eine Beurteilung notiert hatte. Nein, es konnte wirklich keinen Zweifel mehr geben, was das zu bedeuten hatte! Ihr wurde ganz anders. Und hier saß sie, auf seinem Bett und schickte sich an, ein weiterer Abschnitt in diesem Leporello zu werden.

Sie kannte keines der Mädchen – bis auf die Nummer dreizehn. Die hübsche Hellblonde, die da strahlend in die Kamera lachte, war ganz unverkennbar Anika. Sie hatte es allerdings auf Geros Bewertungsskala nur zu einer Drei Plus gebracht. Gut, daß sie das nicht weiß, dachte Katja, es hätte sie bestimmt sehr gekränkt.

In ihrem Kopf wirbelten die Gedanken durcheinander, und sie ließ sich, mit dem Leporello in der Hand, zurück aufs Bett sinken. Ihr erster Impuls war gewesen, das Zimmer einfach zu verlassen, aber nun sagte sie sich, daß das eigentlich blöd wäre. Sie hatte ja schließlich, vor allem nach ihrem Reinfall mit Sven, einen Jungen mit Erfahrung haben wollen! Das war ihre große Chance, sie mußte sie nutzen.

Wieder schaute sie sich die Fotos an. War es wirklich das, was sie gewollt hatte? Die laufende Nummer siebzehn werden? Vier Plätze hinter Anika – und mit einer vielleicht vernichtenden Beurteilung, die dann ihre Nachfolgerinnen grinsend zur Kenntnis nehmen und natürlich weitertragen würden?

Gero kam zurück. Sein Oberkörper war nackt, die oberen Knöpfe seiner Jeans waren bereits geöffnet, so daß sie seine bunten Boxershorts sehen konnte. Kein Zweifel, er wollte zur Sache kommen. Als er sie mit dem Leporello in der Hand sah, grinste er stolz.

Katja wußte nicht genau, was sie erwartet hatte. Verlegenheit vielleicht? Daß es ihm ein bißchen peinlich war, so erwischt zu werden? Ja, wenigstens damit hatte sie eigentlich gerechnet.

Aber Gero war von Verlegenheit weit entfernt. Er strahlte sie an und sagte: »Ganz ordentlich, was?«

»Ist nicht dein Ernst, oder?« fragte Katja. Er konnte doch unmöglich stolz auf diese Dokumentation sein.

Aber Gero nahm ihr auch noch den letzten Zweifel. »Na, klar!« sagte er. »Sechzehn! Los, erzähl – wie viele hast du schon?«

Es verschlug ihr die Sprache. Sie starrte ihn an und konnte es nicht glauben. Hatte sie ihn tatsächlich für nett gehalten? War das wirklich der Junge, mit dem sie vorhin durch die Stadt geschlendert war, mit dem man so unkompliziert reden konnte?

Er verstand ihr Schweigen falsch. »Ich würde mal tippen«, sagte er grinsend, »so sieben bis acht!«

Katja wurde allmählich wütend. »Spinnst du?!«

Gero merkte nichts von ihrem Stimmungsumschwung. »Ey, komm, ist doch nichts dabei!« sagte er und ließ sich neben sie aufs Bett fallen. Und dann erklärte er ihr genau, wie er zu seiner Theorie gekommen war: »Also, seit du hier bist, hast du Sven und Joschka durch, und wenn du vorher das gleiche Tempo drauf hattest ...« Er versuchte, sie wieder an sich zu ziehen, aber sie sperrte sich dagegen. Ihre Lockerheit war verflogen, die heitere Stimmung auch. Alles war auf einmal falsch.

Doch Gero merkte noch immer nichts. »Außerdem haben Stephan und ich schon gewettet«, berichtete er eifrig weiter. »Er oder ich – also, wer als nächster dran ist. Und ich hab' gewonnen!« Der letzte Satz klang triumphierend, Gero war seiner Sache absolut sicher und wollte Katja einen Kuß geben. Schließlich war bisher alles absolut super gelaufen. Genau wie geplant.

Aber Katja wollte sich nicht mehr von ihm küssen lassen. Wütend sprang sie auf. »Einen Scheißdreck hast du!« schrie sie und knallte ihm eine. Dann schmiß sie ihm das Leporello vor der Füße, schnappte sich ihre Jacke und stürmte aus dem Zimmer.

Gero verstand die Welt nicht mehr. »Aber wieso?« rief er ihr fassungslos hinterher. Eine Antwort bekam er freilich nicht.

»Du brauchst sie, wie der Fisch das Fahrrad ...«, sang Miriam, aber es klang nicht besonders überzeugend, denn bisher war ihnen für den Song die entscheidende Idee noch nicht gekommen, und zwar weder für den Text, noch für die Musik.

Vier von ihnen hatten die Aufgabe gehabt, über einen Text nachzudenken, während Nic es übernommen hatte, sich mit Hilfe ihres Computers um die Musik zu kümmern. Aber natürlich hatten sie die Sache nicht besonders ernst genommen, schließlich hießen sie Fun-Gang, da war es ja klar, daß sie hauptsächlich Spaß haben wollten, selbst bei einem Musikwettbewerb. Streß gab es auch sonst schon genug.

Also kicherten sie in ihrem Treff in dem alten Fabrikgebäude auch mehr vor sich hin und alberten herum, statt ernsthaft zu arbeiten. Miriam wiederholte unverdrossen den mageren Text, Anika machte ein paar Bewegungen, die mehr nach Turnstunde für Anfängerinnen als nach Tanzen aussahen, und Nic gelang es nicht, dem Computer ein paar Töne zu entlocken, die den Namen ›Melodie‹ auch nur im entferntesten verdient hätten.

»Du brauchst sie, wie der Fisch das Fahrrad, du brauchst sie, wie der Fisch das Fahrrad, und trotzdem haben sie keinen Ba-hart ...«, sang Miriam unverdrossen. Sie benutzte eine Banane als Mikrofon und tat so, als seien sie bereits auf dem besten Weg, den Contest zu gewinnen.

Aber bei der letzten Zeile wurde es Nic endgültig zuviel. Sie hörte mit ihrem Geklimper auf und brach in schallendes Gelächter aus, während sie hervorstieß: »Du brauchst sie, wie der Fisch das Fahrrad – und trotzdem haben sie keinen Ba-hart?‹ Das ist doch total bescheuert, das ist total beknackt, Mensch!«

Doro reagierte beleidigt. Sie war an der Erstellung des Textes beteiligt gewesen. »Miriam und ich haben wenigstens schon was!« sagte sie vorwurfsvoll.

Aber Nic blieb unbeeindruckt. »Na, und? Was kann ich denn dafür, wenn das blöde Musikprogramm nicht funktioniert?«

Miriam ließ sich überhaupt nicht aus der Ruhe bringen. »Ist doch egal! Na, los! Noch mal!« Und sie schmetterte unverdrossen die nächste geniale Textzeile in ihr Bananenmikrofon:

»Mädchen sind immer füreinander da und machen immer alles kla-har!«

Dazu umkreiste sie die hüpfende Anika, als stünde sie auf einer Bühne. Aber plötzlich unterbrach sie sich und rief: »Katja! Wo warst du heute morgen?«

Katja hatte soeben den Raum betreten und brachte nicht einmal den Anflug eines Lächelns zustande. Sie schmiß ihren Rucksack in die nächste Ecke und ließ sich auf das alte Sofa fallen. Doro erhob sich von dem Stuhl, auf dem sie gesessen hatte, und kam näher, auch Anika und Miriam liefen zu Katja.

»Die alten Schwestern haben dich schon vermißt!« rief Nic, klimperte aber noch ein bißchen weiter.

»Jetzt mach doch mal aus!« sagte Miriam nervös. Katjas Gesichtsausdruck beunruhigte sie.

»Wir dachten schon, du wärst in Las Vegas«, meinte Anika und grinste vielsagend. »Mit Gero – zum Heiraten.«

Auch das entlockte Katja kein Lächeln. Miriam setzte sich neben sie, legte einen Arm um ihre Schultern, und auch Nic ließ von ihren Computer ab und kam näher.

»Also, erzähl!« forderte Miriam. »Wie war's?«

Katja sah einmal in die Runde und sagte dann aus tiefstem Herzen: »Totale Scheiße!«

Was nun?

An diesem Wochenende brachen Katja und ihre Mutter sehr früh morgens ins Sauerland auf. Frau Krämer freute sich auf den Ausflug und sah besorgt zum Himmel. Hoffentlich hielt das Wetter – es wäre zu schade gewesen, wenn es angefangen hätte zu regnen.

Sie machte sich Sorgen um Katja. Die ganze Zeit war sie sehr vergnügt gewesen, aber seit ein paar Tagen starrte sie mit abwesendem Blick in die Gegend und reagierte erst, wenn man eine Frage schon mindestens zweimal wiederholt hatte. Sie war unglücklich, das war nicht zu übersehen, aber reden wollte sie auch nicht. Gerade jetzt stand sie ans Auto gelehnt und sah wieder einmal traurig ins Nirwana.

Frau Krämer startete einen neuen Versuch, ihr zu helfen, obwohl sie von vornherein wußte, daß es aussichtslos war. »Katja, was ist denn los?«

Katja schreckte auf. »He?« Dann sah sie den besorgten Gesichtsausdruck ihrer Mutter und versicherte eilig: »Nichts, wirklich nicht«, obwohl sie nicht sicher war, wie die Frage gelautet hatte. Aber diesen Blick kannte sie schon, und die Frage hatte in den letzten Tagen immer gleich gelautet.

»Freust du dich nicht aufs Wochenende?« So leicht wollte Frau Krämer nicht aufgeben.

»Doch, doch«, antwortete Katja lahm, und das war das Ende der Unterhaltung.

Sie schwiegen die ganze Fahrt über ins Sauerland. Katja badete in ihrem Unglück, daß sie nach drei Versuchen noch immer Jungfrau war und es nun vermutlich ihr Leben lang bleiben mußte, während sich ihre Mutter zu erinnern versuchte, ob sie selbst mit sechzehn auch so gewesen war. Sie konnte sich leider nicht mehr genau daran erinnern. Jedenfalls war das Zusammenleben mit ihrer Tochter im Augenblick sehr anstrengend.

Kurz bevor sie ankamen, sagte sie: »Maria freut sich sicher sehr, daß du kommst. Und Raisulih erst.«

»Maria ist nicht da«, erwiderte Katja. Sonst nichts. Sie sah mit unbewegtem Gesicht aus dem Fenster. Nichts schien sie erfreuen zu können.

Auch das noch, seufzte Frau Krämer in sich hinein. Es hätte Katja sicher gut getan, mal wieder eins ihrer stundenlangen Gespräche mit Maria zu führen. Hoffentlich gelang es wenigstens Raisulih, sie ein bißchen aufzuheitern.

Als Katja zum Reitstall kam, fühlte sie sich bereits ein bißchen besser. Es war doch gut gewesen, hierherzufahren und alles zu vergessen, was in der letzten Zeit schiefgelaufen war. Und einiges war ja auch gutgegangen, das durfte sie nicht vergessen. Sie hatte neue Freundinnen gefunden und sich ziemlich schnell eingelebt in Essen, das war schließlich auch schon etwas.

Aber, so sagte eine böse kleine Stimme in ihrem Kopf,

deine neuen Freundinnen bist du bald wieder los, weil du es nicht einmal fertigbringst, mit einem Jungen zu schlafen. Dabei ist das doch nun wirklich die einfachste Sache der Welt. Alle andern haben es schließlich auch geschafft und sich dabei nicht so angestellt wie du.

Zum Glück war sie im nächsten Augenblick bei Raisulih angelangt, und alle bösen Stimmen in ihrem Kopf verstummten. »Raisulih!« rief sie, und der Hengst hob sofort den Kopf. Im nächsten Augenblick war sie bei ihm und streichelte zärtlich sein samtiges Maul. Er wieherte leise und stupste sie. Sie fing an, ihn zu striegeln, und Raisulih schien das sehr zu genießen. Je mehr Zeit verstrich, desto besser ging es Katja. Essen und die aufregenden letzten Wochen traten ganz allmählich in den Hintergrund.

Nach einiger Zeit kam die zehnjährige Kim, die Katja und ihren Berberhengst früher immer bewundert hatte, wenn sie ihre Dressurübungen machten. Sie hatte es übernommen, sich um das Pferd zu kümmern, wenn Katja nicht da war, und half ihr nun beim Striegeln. »Ja, Raisulih, wenn Katja da ist, geht es dir wieder besser, nicht?« sagte sie liebevoll.

Katja lächelte sie an. Kim war nett, und sie würde eine klasse Reiterin werden, das stand bereits fest. »Meinst du echt, der vermißt mich?«

»Na klar, total!« versicherte Kim. Ihr niedliches rundes Gesicht sah ganz bekümmert aus. »Der hat die letzte Zeit fast überhaupt nichts mehr gefressen.«

»Ach, komm!« Katja konnte sich das gar nicht vorstellen. Raisulih war ein ziemlich robustes Pferd, er war auch noch nie krank gewesen. Nachdenklich sah sie

Kim an. »Vielleicht kümmerst du dich nicht genug um ihn? Der braucht viel Liebe und so ...«

Sie hatte das Falsche gesagt. Kim war zutiefst beleidigt und hörte sofort mit dem Striegeln auf. Sie starrte Katja an und brachte dann mühsam heraus: »Du bist echt gemein! Erst haust du ab, und dann ...« Sie drehte sich um und rannte weg, ohne sich noch einmal umzuschauen.

»Kim, es war nicht so gemeint!« rief Katja ihr nach, aber Kim lief weiter, als hätte sie nichts gehört.

»Scheiße!« murmelte Katja vor sich hin, dann wandte sie sich wieder Raisulih zu, der das Geschehen aufmerksam beobachtet hatte. »Süßer, ich bin doch bei dir!« Liebevoll strich sie über sein schönes Fell.

Raisulih sah sie an und schnaubte leise.

»Ich weiß schon, was du willst«, sagte sie.

Kurz darauf verließ sie auf dem Rücken des Pferdes den Stall. Raisulih war vor Freude richtig nervös, und auch Katja fragte sich, wie sie es so lange ohne ihn hatte aushalten können.

Sobald sie das Gelände des Reitstalls hinter sich gelassen hatten, schnalzte sie leise mit der Zunge, und Raisulih begann zu galoppieren. Das war der Augenblick, in dem die übrige Welt mit all ihren Kümmernissen endgültig verschwand. Katja war glücklich, und Raisulih war es auch.

Miriam, Doro, Nic und Anika hingen an diesem Sonntag ziemlich trostlos herum. Alle bis auf Nic hatten sich zwar kostümiert wie Opernsängerinnen, aber die Stimmung war trotzdem nicht überschäumend. Sie hatten keine Lust, an ihrem Song weiter zu basteln, denn das Musikprogramm funktionierte immer noch nicht richtig, und die zündende Idee für den Text war bisher auch noch keiner von ihnen gekommen.

Es war einer dieser Tage, an denen man zu nichts Lust hat. Draußen war es ziemlich trüb, und es gab nicht einmal ein Fun-Projekt, auf das sie ihre Energien hätten richten können. Der Song, ja, aber das war leider doch viel mühsamer, als sie gedacht hatten. Vielleicht hatte Antonio sie ja auch überschätzt, als er gemeint hatte, sie könnten sich an diesem Wettbewerb beteiligen.

Doro fragte plötzlich mitten in die müde, ein wenig gelangweilte Stimmung hinein: »Was machen wir jetzt eigentlich mit Katja?«

Anika sagte unbekümmert: »Na ja, sie hat ja noch 'ne Woche Zeit. Ansonsten hat sie's versemmelt!« Sie würde darüber bestimmt nicht traurig sein, aber so deutlich wollte sie das nicht zum Ausdruck bringen.

Miriam hatte trotzdem genau verstanden, wie Anika ihre Worte gemeint hatte, und sie sagte zuckersüß: »Und das wollen wir doch alle nicht, oder?«

»Ne, ne!« beeilte sich Anika zu versichern und wurde ein wenig verlegen, weil Miriam sie durchschaut hatte. »Aber Gesetz ist Gesetz!«

»Klar, und deshalb müssen wir ihr eben helfen!« stellte Doro entschlossen fest.

Wie immer, wenn es ein Problem zu lösen galt, wurden allmählich alle munter. Auch Nic erwachte endlich aus ihrer trägen Stimmung und sprang auf. Sie rannte eine Weile in dem Raum hin und her und rief schließlich triumphierend: »Leute, wer hilft euch wieder aus der Patsche? Niki Natsche mit der Fliegen-klatsche!«

Die anderen sahen sie erwartungsvoll an. Endlich passierte etwas an diesem blöden Sonntag! Vielleicht konnten sie doch noch ein bißchen Spaß haben? Wenn Nic eine Idee hatte, gab es zumindest Hoffnung.

Nic genoß die allgemeine Aufmerksamkeit und ließ sich Zeit, bevor sie endlich mit ihrem ungeheuerlichen Vorschlag herausrückte. Sie stellte sich in Positur und sah die anderen bedeutungsvoll an. Dann sagte sie langsam und betont: »Wir kaufen ihr einfach einen!«

Die Überraschung war ihr perfekt gelungen, die anderen waren zunächst einmal sprachlos. Typisch Nic, dieser Vorschlag – aber so einfach ließ er sich sicher nicht in die Tat umsetzen. Obwohl ...

Anika war die erste, die einen Einwand vorbrachte. »Was?« rief sie aufgeregt. »Du meinst so 'nen richtigen Callboy? Weißt du, was das kostet?«

»Nein, aber wenn ich's wissen wollte, würde ich dich fragen«, antwortete Nic überlegen. Sie schüttelte den Kopf und sah wieder in die Runde. »Wir nehmen einfach einen aus der Schule!«

Miriam war bereits von der Idee überzeugt. »Genau, sag' ich doch!« rief sie. »Ich meine, blöd ist sie nicht und sieht auch ganz gut aus ... Da finden wir bestimmt einen.«

Nic war schon bei praktischen Problemen angelangt. »Wieviel Kohle haben wir noch in der Kasse?«

Anika griff widerstrebend in eine Tasche ihrer engen Jeans und nestelte solange darin herum, bis sie einen Hunderter zutage gefördert hatte. Dann befühlte sie die Tasche von außen und teilte mit: »Hundert und ein paar Zerquetschte.«

Nachdem das geklärt war, ging auch Doro zu praktischen Fragen über. »Wer kommt denn überhaupt in Frage?« meinte sie. Die anderen machten nachdenkliche Gesichter. Das war natürlich der entscheidende Punkt. Schließlich hatte Katja bereits drei Fehlschläge hinter sich. Einen weiteren mußte man ihr unbedingt ersparen.

»Wie wär's denn mit Ingo?« schlug Doro vor, aber sie erntete nur entsetzte Protestschreie von allen Seiten. »Oh, neiiiiin!« stöhnte Miriam, und die anderen war ganz auf ihrer Seite. Für Ingo ließ sich keine Mehrheit finden.

»Das muß ein richtiger Rasserüde sein!« stellte Nic energisch klar.

»Ich hab's!« rief Doro wieder. »Thomas!«

Aber sie hatte kein Glück mit ihren Vorschlägen. »Bloß nicht!« stöhnten die anderen.

Nic hatte ihre Wanderung durch den Raum wieder aufgenommen und kam nun grinsend zurück. »Leute, ich hab' mal wieder die ultimative Lösung!«

Alle sahen sie erwartungsvoll an.

»Es gibt nur einen!« behauptete sie und fügte nach einer wirkungsvollen Pause hinzu: »Marc!«

»Marc?« rief Anika entsetzt und fügte sofort hinzu: »Nein, das geht nicht!«

»Wieso denn nicht?« erkundigte sich Nic und zog fragend die Augenbrauen hoch.

Für einen Augenblick war Anika um eine Antwort verlegen, aber dann hatte sie einen überzeugenden

Einwand gefunden. Sie beugte sich zu Miriam und sagte verschwörerisch: »Das macht der nie!«

Miriam grinste über das ganze Gesicht und fragte: »Wetten, daß doch?« Sie schnappte sich den Hunderter und riß ihn demonstrativ in der Mitte durch. »Die eine Hälfte kriegt er vorher«, sagte sie mit sanfter Stimme, »und die andere, wenn er's gemacht hat!«

Alles läuft nach Plan

Katja schlenderte aus der Schule und sah sich suchend um. Sie konnte die anderen nirgends entdecken und war enttäuscht. Wo steckten sie denn nur, sie waren doch sonst immer hier, wenn die Schule aus war? Keine hatte es besonders eilig, nach Hause zu kommen. Wo also waren sie heute?

Sie hatte sich so darauf gefreut, noch ein bißchen mit ihnen zu quatschen und zu hören, was sie am Wochenende gemacht hatten. Sie selbst fühlte sich besser, auch wenn sich durch ihren Besuch im Sauerland ihr Problem nicht gelöst hatte.

Langsam schlenderte sie zu Marleys Wagen. Wenn die anderen sich dort nicht blicken ließen, würde sie es in dem Fabrikgebäude versuchen, das ihr Treffpunkt war, wenn sie nichts anderes ausgemacht hatten.

Vor der Schule bastelte Marc am Scheibenwischer seines Autos herum, aber er schien sie nicht zu bemerken. Es war ein Jeep, stellte Katja fest, und er sah klasse aus. Wenn sie die Wahl gehabt hätte, hätte sie sich vielleicht auch so ein Auto ausgesucht – aber natürlich war es viel zu teuer, das konnte ihre Mutter sich gar nicht leisten.

Unschlüssig stand sie noch immer vor Marleys Wagen, als Marc sich plötzlich umwandte und ihr zurief: »Wartest du auf deine Freundinnen?«

Katja nickte. »Mm.«

»Die sind schon weg«, berichtete er. »Bestimmt schon seit 'ner Viertelstunde.«

Katja zuckte mit den Schultern. So etwas Ähnliches hatte sie ja schon erwartet. Also, auf zum Treffpunkt. »Da kann man nichts machen«, meinte sie.

»Wo mußt du denn hin?« erkundigte sich Marc, stieg in sein Auto, ließ es an und kam langsam auf sie zugerollt. »Wenn du willst, kann ich dich mitnehmen.«

Es gab keinen Grund, sein Angebot abzulehnen, also stieg sie ein, nannte ihm die Adresse, und er machte sich auf den Weg. Es war leicht, mit Marc ins Gespräch zu kommen, und ihr fiel wieder ein, was Bert über ihn gesagt hatte: ›Der interessiert sich nicht für Mädchen, hat nur seinen Sport im Kopf.‹

Sie grinste ein bißchen bei diesem Gedanken. Es schien, als hätte Bert sich in Marc getäuscht. Denn dafür, daß er sich angeblich nicht für Mädchen interessierte, fragte er ganz schön viel. Sogar, ob sie einen Freund hatte.

»Neugierig bist du ja gar nicht, was?« fragte sie und grinste, als er vor dem alten Fabrikgebäude hielt, in dem die Fun-Gang ihren Treffpunkt hatte.

Er machte ein unschuldiges Gesicht. »Wieso? War doch nur 'ne Frage!«

Katja stieg aus, wandte sich aber noch einmal zu Marc um. »Also, erstens geht dich das überhaupt nichts an, und zweitens ist die Antwort: ›Nein!‹ Zumindest keinen festen. Seit ich hier bin, hab' ich sowieso das Gefühl, daß mindestens neunzig Prozent der Jungs Arschlöcher sind!«

Er blieb völlig ernst, aber seine Augen lächelten, als er fragte: »Und wenn ich zu den restlichen zehn Prozent gehöre?«

Katja grinste über das ganze Gesicht. »Das haben sie bislang alle gesagt!«

Marc dachte eine Weile nach. »Und wenn ich sage, daß ich dich auf ein Eis einlade?«

Katja hatte sich abgewandt und so getan, als wolle sie gehen. Sie drehte sich wieder um und sagte freundlich: »Das haben sie auch alle gesagt!«

Marc dachte nicht daran, schon aufzugeben, er spielte das Spiel weiter. »Dann haben sie dich wahrscheinlich auch alle gefragt, ob sie dich morgen wieder irgendwohin fahren können?«

Katja nickte. »Hm, haben sie.«

Er machte ein Gesicht, als hätte er das schon befürchtet. Sie hatten jetzt beide Spaß an diesem Spiel.

»Aber«, begann Katja, und er wartete gespannt auf das, was sie zu sagen hatte, »die hatten nicht so 'nen geilen Wagen!«

Er grinste, wurde aber schnell wieder ernst. Sehr ernst sogar. »Katja, ich muß dir was gestehen!«

Diesmal war es an ihr, erwartungsvoll dreinzuschauen.

»Der Wagen gehört meiner Mutter!«

»Na, wenn das so ist!« sagte Katja und spielte die Enttäuschte. »Adios, Amigo!«

Sie versetzte dem Auto einen Schlag mit der flachen

Hand, Marc grinste und bretterte los. Katja sah ihm nach und stieß einen anerkennenden Pfiff aus. Ob er vielleicht wirklich anders war als die anderen?

Oben hingen Miriam, Nic, Doro und Anika mit Ferngläsern im Fenster. Sie hatten die Szene genauestens verfolgt. Jede Bewegung, die Marc gemacht hatte, jede Reaktion von Katja waren kommentiert worden.

Nic rief aus: »Kein Kuß, Marci? Du enttäuschst mich!«

Katja unten auf der Straße wandte sich dem Gebäude zu, und Miriam rief: »Sie kommt, los, proben!«

Sie rasten zurück in den Raum, die Ferngläser verschwanden, Nic versuchte mal wieder, dem Computer ein paar annehmbare Töne zu entlocken, während Miriam sich rasch eine hellblonde Lockenperükke wie einen Hut oben auf die eigenen Haare drückte und ein paar Textzeilen variierte, die auch nicht viel besser klangen als die bisherigen Versuche.

»Mädchen sind wie Salz in der Suppe, Mädchen sind wie Salz in der Suppe«, sang sie, aber es klang bei der Wiederholung nicht weniger holperig als beim erstenmal. Die Fortsetzung war noch verrückter: »Und willst du was Braves, dann nimm dir 'ne Puppe ...« Sie brach ab und rief Nic zu: »He, mach mal aus!« Zu Doro sagte sie kopfschüttelnd: »Ist doch totaler Stuß, was hast du denn da gedichtet?«

Doro blieb gelassen und konterte trocken: »Die Zeile war von dir.«

In diesem Augenblick platzte Katja herein, sie war bester Laune und hatte den kleinen Wortwechsel gehört. »Wie wär's mit: Wir zusammen sind gemeinsam eine Einheit und nie einsam. Sind verschworen beieinander!«

»Hey!« Doro war begeistert. »Das klingt echt klasse!«

Auch Miriam schien diese Meinung zu teilen, denn sie fing an zu summen: »Wir zusammen sind ...«

»... gemeinsam ...«, fuhr Katja fort, dann kam wieder Miriam »... eine Einheit und nicht ...«

»... einsam«, sang Katja lachend, und auch Miriam hatte zunehmend Spaß an der Sache.

»Sind verschworen ...«, sang sie, und Katja beendete die Zeile: »... beieinander!«

»Kämpfen alle füreinander!« dichtete Miriam spontan, und Katja rief: »Geil!«

Auch Doro und Nic strahlten, nur Anika machte ein böses Gesicht und sagte: »Also, ich finde, das hört sich total blöd an.« Niemand achtete jedoch auf sie, was sie noch mißmutiger werden ließ.

Miriam legte Katja einen Arm um die Schulter und fragte mit gesenkter Stimme: »Und? Geht es dir immer noch so mies?«

Katja lachte laut und vergnügt. Wovon sprach Miriam nur? Hatte sie sich etwa je mies gefühlt? Sie schüttelte energisch den Kopf und sagte: »Was? Mir? Ne, wieso denn?«

Nic und Doro grinsten wissend, Nic begann wieder, mit dem Computer herumzuspielen – Anika jedoch schob Miriam und Katja unwillig auseinander ging zu Nic und fauchte sie an: »Kannst du mal damit aufhören? Da hört sich ja die Blockflöte von meiner kleinen Cousine besser an!«

Miriam und Nic wechselten einen vielsagenden Blick, aber Katja wollte an diesem so schönen Tag keine

Mißstimmung aufkommen lassen und fragte schnell: »Wie funktioniert das Ding denn eigentlich?« Neugierig tippte sie auf einen der vielen Knöpfe, und Nic rief hektisch: »Pfoten weg!«

Aber Katja konnte es nicht lassen. Sie tippte noch einmal mit dem Finger auf den Knopf und grinste breit über den Klangsalat, den sie dadurch erzeugte. Heute gefiel ihr einfach alles.

»Los, kommt!« sagte Doro. »Laßt uns noch ein bißchen rausgehen und feiern. Schließlich haben wir jetzt endlich den Anfang des Textes für unseren Song!«

Die anderen waren sofort einverstanden, selbst Anika versuchte, ihre schlechte Laune zu verbergen, aber es gelang ihr nicht besonders gut. Während die anderen über jede Kleinigkeit in albernes Gelächter ausbrachen und sich großartig amüsierten, mußte sie sich richtig quälen, um wenigstens ein kleines Lächeln zustande zu bringen.

Die Sache lief nicht, wie sie das wollte. Ganz und gar nicht.

Katja saß neben Marc im Wagen seiner Mutter und ließ sich den Fahrtwind um die Nase wehen. Es war schönes, sonniges Wetter, und das war gut so, denn Marc hatte versprochen, mit ihr segeln zu gehen. Sie war noch nie gesegelt, aber das hatte sie ihm nicht gesagt, jedenfalls nicht ganz so deutlich. Womöglich hätte er es sich sonst noch einmal überlegt, ob er wirklich eine Anfängerin auf seinem Katamaran mitnehmen sollte.

Auf einmal war das Leben leicht und schön, die so

unangenehmen Erlebnisse der letzten Wochen vergessen. Sie saß hier neben Marc, unterhielt sich mit ihm, als seien sie schon ewig miteinander befreundet, und sie fühlte sich so gut, wie lange nicht mehr.

Ganz anders ging es dagegen Anika, die verzweifelt versuchte, Marc mit ihrem Roller auf den Fersen zu bleiben. Dabei war es albern, sie wußte mittlerweile genau, wohin die beiden fuhren, den Weg war sie schließlich selbst schon oft genug gefahren: Er nahm Katja mit zu seinem Boot. Wie gerne wäre sie selbst an Katjas Stelle gewesen, aber er hatte ihr ja immer nur die kalte Schulter gezeigt.

Dabei sah sie viel besser aus als Katja, das mußte er doch auch bemerken! Sie sah sowieso viel besser aus als die meisten Mädchen, und es gab genügend Jungs, die verrückt nach ihr waren. Aber sie hatte sich nun einmal Marc in den Kopf gesetzt. Und ausgerechnet Marc schien sich nicht für sie zu interessieren – oder er tat zumindest so.

Für die hundert Mark, die sie ihm bezahlten, sollte er ja nur mit Katja pennen – er mußte sie nicht auch noch mit auf sein Boot nehmen! Warum tat er das nur? Aber sie verstand Marc sowieso nicht, er war ihr ein Rätsel. Irgendwie war er anders als die anderen, mit denen sie es bisher zu tun gehabt hatte. Vielleicht war es ja auch genau das, was sie an ihm reizte.

Wütend gab sie Gas. Sie würde die beiden auf jeden Fall im Auge behalten. Es konnte nicht schaden, genau zu wissen, was da lief.

Katja und Marc saßen auf einem Bootssteg und hielten die Füße ins Wasser. Sie reckten ihre Gesichter der Sonne entgegen, und Katja hörte Marc zu, der über sein Lieblingsthema sprach: das Segeln. Sie mußte an Bert denken. Er hatte recht gehabt – und sich doch total geirrt in seiner Einschätzung von Marc. Aber Bert verfolgte ja schließlich auch eigene Ziele.

»Das ist, als ob du fliegst«, sagte Marc gerade. »Du bist auf einmal in einer ganz anderen Welt.«

»Kenn' ich«, sagte Katja und dachte an Raisulih. Auf seinem Rücken über die Wiesen zu jagen war genau, wie Marc es eben beschrieben hatte.

»Wieso?« fragte er erstaunt und sah sie an. »Segelst du auch Katamaran?«

»Ne«, gab sie zu, »aber ich ...«

Marc unterbrach sie kopfschüttelnd. »Dann kannst du das auch nicht kennen!« stellte er fest. »Weißt du, du bist auf einmal total frei. Schule, Schottlock und der ganze Scheiß, das spielt alles überhaupt keine Rolle mehr.« Bei diesen Worten lag ein verträumter Blick in seinen schönen Augen.

»Darf ich jetzt vielleicht auch mal was sagen?« erkundigte sich Katja freundlich.

»Klar doch!« sagte Marc. Das Lächeln, mit dem er sie ansah, war absolut entwaffnend. »Wenn's nicht mehr als zwei Sätze sind!«

Sie mußten beide lachen, dann stupste Marc Katja mit der Schulter an. »Nun erzähl schon!«

»Vom Reiten!« sagte Katja und strahlte allein bei dem Gedanken. »Wenn du da so lang galoppierst ... das ist auch, als wenn du ...«

Aber Marc schüttelte schon wieder den Kopf. »Ne, das kann nicht dasselbe sein.«

»Klar doch!« sagte Katja hartnäckig. Warum wollte er sie nur nicht verstehen? Die Sache war doch ganz einfach!

»Wieso?« fragte Marc, und seiner Stimme war anzuhören, was er von ihrer Ansicht hielt. »Können Pferde etwa übers Wasser rennen?«

Sie lachte und strahlte ihn an. »Pferde können fliegen!« entgegnete sie.

Etwas an seinem Blick veränderte sich, als er fragte: »Und du?« Ihr Herz klopfte so laut, daß er es garantiert hören konnte, und für einen ganz kurzen Moment stand die Welt still.

Anika hatte die beiden bisher noch keine Sekunde aus den Augen gelassen, und allmählich fragte sie sich, warum sie sich das antat. Marc wurde dafür bezahlt, daß er sich mit Katja abgab, also zählte es nicht. Es hatte überhaupt nichts zu bedeuten, das mußte sie sich einfach klarmachen.

Zwar fand sie, daß Marc für sein Geld ein paar Zusatzleistungen bot, die eigentlich nicht gefordert waren, aber das war seine Sache. Nur, irgendwie hatte sie so langsam ein dummes Gefühl bei der Geschichte. Es sah ja mittlerweile echt so aus, als mache es ihm Spaß, mit Katja zusammenzusein. Und die strahlte sowieso die ganze Zeit wie ein Honigkuchenpferd.

Anika hatte Katja von Anfang an nicht leiden können. Kam da einfach an mit ihren Pippi-Langstrumpf-Zöpfen, zog 'ne Show ab mit diesem Fahrrad des

Bullen – und schon durfte sie bei der Gang überall mitmachen, als sei sie schon ewig in der Stadt. Das war ungerecht. Sie hatte sich nicht einmal richtig anstrengen müssen dafür.

Und daß sie sich stundenlang mit Marc unterhielt und daß der dabei auch noch lächelte und ihm der Job, den er übernommen hatte, offensichtlich nicht lästig war, das war einfach zuviel. Er hätte wenigstens ein gequältes Gesicht ziehen können. Oder die Sache so schnell wie möglich hinter sich bringen, statt sie in die Länge zu ziehen.

Sie überlegte, ob sie nicht einfach wieder zurückfahren sollte. Sie hatte genug gesehen, und es reichte ihr allmählich. Es half ihr auch nicht weiter, wenn sie die beiden länger beobachtete. Sie hob erneut ihr Fernglas und fluchte unwillkürlich leise vor sich hin. Katja und Marc saßen nicht mehr auf dem Bootssteg, sondern sie waren mit dem Katamaran auf dem Wasser. Das letzte, was Anika sah, waren zwei lachende Gesichter, die einander zugewandt waren.

»Scheiße!« sagte sie laut, und es fehlte nicht viel, dann wäre sie in Tränen ausgebrochen. Statt dessen stampfte sie wütend mit dem Fuß auf. Sie packte ihr Fernglas weg, zerrte ihren Roller aus dem Gebüsch und schob ihn zurück auf die Straße. Im nächsten Augenblick hatte sie sich auf den Sattel geschwungen und bretterte zurück in die Stadt.

Nichts läuft nach Plan

Katja hing neben Marc im Trapez, das Boot sauste mit geblähten Segeln fast lautlos über das glitzernde Wasser, das ab und zu bis zu ihnen hochspritzte, und sie lachten darüber, weil es erfrischend war und dazugehörte.

Sie war restlos glücklich. Marc hatte recht gehabt mit allem, was er über das Segeln gesagt hatte – und eine verrückte Sekunde lang überlegte sie, ob es Raisulih wohl auch gefallen würde, so in einem Boot über das Wasser zu fliegen. Dann mußte sie lachen. Natürlich nicht, Raisulih flog lieber selbst – aber über festen Boden. Und sie war in der wunderbaren Lage, beides tun zu können: mit ihrem Pferd über die Erde fliegen und mit Marc und seinem Boot über das Wasser. Mehr Glück konnte es nicht geben.

Marc sah sie fragend an, als sie unvermittelt lachte, und sie schenkte ihm ein strahlendes Lächeln, das ihm Antwort genug war. Es gefiel ihr also. Das war die Hauptsache. Und wie schnell sie verstanden hatte, worum es ging! Er hatte ihr alles nur einmal zu erklären brauchen. Und jetzt hing sie neben ihm, als sei sie mit einem Katamaran großgeworden.

Er grinste, als seine Gedanken kurz zu Anika schweiften. Die wäre bestimmt die ganze Zeit damit beschäftigt gewesen, gut auszusehen, statt mit anzupacken. Mit solchen Mädchen hatte er schon immer wenig anfangen können. Als er an Anika dachte, fielen ihm auch die anderen Mädchen der Fun-Gang und das Geschäft ein, das sie ihm vorgeschlagen hatten, und dieser Gedanke war ihm unangenehm. Er verdrängte ihn sofort.

Als Anika in die Innenstadt zurückgekehrt war, hatte sich ihre Laune schon wieder gebessert. Worüber regte sie sich auf? Marc hatte Geld dafür genommen, daß er's mit Katja machte, und das sagte doch eigentlich schon alles! Sie jedenfalls hätte sich in Grund und Boden geschämt, wenn ihr das passiert wäre. Na ja, Katja wußte davon natürlich nichts, noch nicht, aber das mußte ja nicht so bleiben.

Anika fing an, nachzudenken. Ihre nächsten Schritte mußten wohlüberlegt sein. Alles hing davon ab, wie Marc sich verhielt, wenn die Sache erledigt war. Solange würde sie auf jeden Fall geduldig abwarten. Nachdem sie diese Entscheidung getroffen hatte, fühlte sie sich richtig gut. Sie war doch immer Optimistin gewesen – wovon hatte sie sich bloß so niederschmettern lassen heute nachmittag?

Wahrscheinlich, dachte sie, kommt Marc in diesem Augenblick allmählich zur Sache, und morgen ist alles vorbei! Die Vorstellung, wie Marc mit Katja ›zur Sache kam‹, ließ sie zwar leider nicht so kalt, wie sie es sich gewünscht hätte, aber da mußte sie nun mal durch. Noch mehr Einwände gegen Marc hätte sie in der Gang nicht vorbringen können, ohne aufzufallen. Die anderen waren auch so schon hellhörig genug geworden. Sie mußte wirklich höllisch aufpassen, daß ihr kleines Geheimnis nicht aufflog.

Sie trat vor den großen Spiegel in ihrem Zimmer und betrachtete sich aufmerksam von Kopf bis Fuß an. Nein, es gab an ihrem Äußeren wirklich nichts zu meckern. Und es gab einfach keinen Jungen, der nichts von ihr wollte. Sie würde schon dafür sorgen, daß Marc in dieser Hinsicht keine Ausnahme bildete.

Sie hatte es bisher wahrscheinlich nur falsch angefangen.

Es war später Nachmittag, Katja und Marc hatten mehrere Stunden auf dem Wasser verbracht. Die Zeit war
wie im Flug vergangen, und sie hatten es beide fast
bedauert, zurück ans Ufer zu müssen. Aber schließlich
war ihnen doch ein wenig kalt geworden.

Nun standen sie schlotternd in ihren nassen Klamotten vor der Gaststätte auf dem Clubgelände, um sich etwas
zu trinken zu kaufen. Sie waren beide sehr durstig. Katja
hatte gnädig zugestimmt, sich einladen zu lassen.

Inge, die den Laden im Clubhaus betrieb, reichte Marc
die Flaschen über den Tresen, von denen er eine gleich
an Katja weiterreichte. Sie dankte ihm mit einem Lächeln und trank sofort einen großen Schluck.

»Was macht das?« fragte Marc.

»Acht vierzig«, antwortete Inge und lächelte den beiden, die so glücklich und zufrieden aussahen, freundlich zu.

Marc kramte nach Geld und fingerte schließlich einen Schein hervor, den er Inge reichte.

Sie runzelte die Stirn und fragte: »Hundert Mark! Hast
du es nicht ein bißchen kleiner? « Dann erst betrachtete
sie den Schein genauer und stutzte. Der Schein war
nicht zusammengefaltet, wie sie im ersten Moment
gedacht hatte, sondern in der Mitte durchgerissen. Sie
hielt nur die eine Hälfte in der Hand, die so völlig
wertlos war. »Also, so klein sollte es dann auch wieder
nicht sein.«

Inge wandte sich an Katja. »Hast du vielleicht die andere Hälfte?«

Katja, warf einen Blick auf den halben Hunderter und schüttelte den Kopf. Marc verfluchte sich im stillen dafür, den falschen Schein aus seinem Portemonnaie gezogen zu habe, nahm ihn zurück und ließ ihn in seiner Tasche verschwinden. Eilig kramte er erneut nach Geld und förderte wieder einen Schein zutage, diesmal war es ein Zehner. »Stimmt dann so!« sagte er zu Inge und zog Katja mit sich fort.

Inge sah den beiden lächelnd nach. Marc war ein netter Junge, und er schien endlich auch ein nettes Mädchen gefunden zu haben. Das gönnte sie ihm.

Es war schon dunkel, als Katja kichernd zu Marc sagte: »Du bist ja echt beknackt, Mann! Nachts baden!«

Sie stiegen aus dem Wasser, das im Mondlicht silbrig schimmerte. Außer ihnen war weit und breit niemand mehr zu sehen, das Gelände lag verlassen da.

Sie griffen zu ihren Handtüchern, trockneten sich ab. Auf einmal konnte Marc seinen Blick gar nicht mehr von Katja abwenden. Aber sie bemerkte es nicht, denn sie starrte gerade stirnrunzelnd auf ihre rechte Handfläche.

»Was hast du denn da?« fragte Marc.

»Blasen«, antwortete Katja trocken. »Von dieser komischen Schnur.«

Er schüttelte tadelnd den Kopf, um dann zu lächeln. »Vorschot!« sagte er sanft. »Diese komische Schnur heißt Vorschot! Tut's weh?« Er griff nach ihrer Hand, um sich die Blase selbst anzusehen.

»Ne, ich kenn' das schon vom Reiten«, wehrte Katja ab.

Aber Marc ließ ihre Hand nicht los. »Hey, du hast ja totale Gänsehaut. Ist dir kalt?«

»Nein«, erwiderte Katja, ihre Zähne klapperten.

Marc hatte beides gehört und sagte: »Komm, ich rubbel' dich ein bißchen warm.«

Katja wehrte sich nicht dagegen, daß er ihre Arme und ihren Rücken rubbelte. Ihr wurde allmählich wärmer, doch gleichzeitig ließen prickelnde Schauer, die sie plötzlich durchrieselten, sie erneut zittern. Das Rubbeln war immer sanfter und schließlich zu einem Streicheln geworden. Katja wandte sich zu Marc um und sah ihn an. Mondlicht spiegelte sich in seinen Augen, und Katja hatte das Gefühl, bis auf den Grund seiner Seele schauen zu können. Die Zeit stand plötzlich still, kein Geräusch störte die Nacht, und Katja fragte sich, ob sie sich überhaupt noch auf der Erde befanden oder ob sie zu einem Stern geflogen waren, auf dem sie beide die einzigen Menschen waren. Sie hätte nichts dagegen gehabt.

Marc stand eine Weile reglos vor ihr. Seine Hände streichelten sie nicht länger, dafür liebkoste sie sein Blick. Ohne ein einziges Wort legte er die Arme um sie, zog sie an sich, und dann küßten sie sich.

Katja konnte an gar nichts mehr denken. Alles war so, wie es sein sollte. Marc war der Richtige, er war es von Anfang an gewesen.

Sie ließen sich zu Boden gleiten und küßten sich weiter, und Katja hatte nur einen Wunsch: daß es ewig so weitergehen sollte. So glücklich war sie bisher noch nie gewesen, nicht einmal, wenn sie mit Raisulih über die Felder geritten war – und das hieß eine ganze Menge.

Beide ließen sich von ihrer Leidenschaft mitreißen. Die Berührung ihrer Lippen, erst zaghaft, zart wie das Streicheln von Schmetterlingsflügeln, wurden leidenschaftlicher.

Katja erschauerte erneut. Dieser Platz an dem stillen, dunkelblauen See war genau der richtige Ort für das allererste Mal. Es war einfach perfekt! Sie schlang die Arme ganz fest um Marc, zog ihn noch enger an sich, schloß die Augen und küßte, wie sie ihr ganzes Leben noch nicht geküßt hatte.

Es dauerte eine Weile, bis sie bemerkte, daß Marc sich auf einmal gegen ihre Umarmung stemmte. Marc unterbrach den Kuß und richtete sich ein wenig auf, und Katja öffnete die Augen.

»Was hast du?« fragte sie vorsichtig. Sie wollte nicht, daß die wunderbare Stimmung zerstört wurde. Sie wollte auch nicht aufhören, sie wollte weitermachen. Einfach weitermachen. Mit Marc hierbleiben, solange es ihnen beiden gefiel.

Aber die Stimmung hatte sich schon verändert. Marc beantwortete ihre Frage nicht sofort. »Weißt du, ich ...«, begann er schließlich, unterbrach sich aber erneut. Dann sagte er entschlossen: »Laß uns zurückfahren.« Er beugte sich über sie, küßte sie zärtlich auf die Nase und stand auf.

Sie war völlig verunsichert, wagte jedoch nicht, ihn zu fragen, was er auf einmal hatte. Sie kannten sich ja kaum! Und wenn er hätte reden wollen, hätte er es sicher getan. Aber er sah sie auch gar nicht mehr an, sondern schien sich völlig auf das Einpacken seiner Sachen zu konzentrieren.

Sie erhob sich ebenfalls und suchte ihr Zeug zusammen. Sie war total durcheinander, aber sie wollte es sich nicht anmerken lassen. Was hatte er denn nur?

Marc wütete stumm gegen sich selbst. Was war er nur für ein Idiot gewesen, sich auf diese Sache mit der Fun-Gang einzulassen. War er von allen guten Geistern verlassen gewesen? Was hatte er sich dabei gedacht, diesen idiotischen ›Job‹ anzunehmen? Ausgerechnet er?

Aber natürlich wußte er genau, warum er es getan hatte. Katja war ihm schon vorher aufgefallen. Die Geschichte mit den hundert Mark hatte ihm einen willkommenen Vorwand geliefert, sich ihr zu nähern. Wenn nichts daraus geworden wäre, hätte er wenigstens den Girls von der Fun-Gang einen Gefallen getan.

Es war aber etwas daraus geworden, und für diesen Fall hatte er die Folgen nicht bedacht. Er konnte unmöglich weitermachen und die anderen in dem Glauben lassen, er sei mit Katja zusammen, weil sie ihn dafür bezahlt hatten. Er mußte die Sache klären, und zwar umgehend. Und genau das würde er auch tun! Morgen als allererstes wurde das aus der Welt geschafft, damit er Katja wieder unbefangen gegenübertreten konnte.

Ohne daß er es gemerkt hatte, waren sie bereits vor Katjas Haustür angelangt. Die Rückfahrt hatten sie in völligem Schweigen zurückgelegt. Er sah sie an und bemerkte ihr nachdenkliches Gesicht. Himmel, sie konnte natürlich nicht wissen, was plötzlich in ihn gefahren war. Aber zu erklären vermochte er ihr das beim besten Willen nicht. Er war ziemlich sicher, daß sie dafür nicht das geringste Verständnis aufbringen würde. Deshalb war es ja auch so wichtig, die Geschichte mit der Bezahlung aus der Welt zu schaffen, bevor ... Ja, eben vorher.

»War echt schön heute«, sagte Katja und sah ihn an, als müsse er ihr endlich erklären, was los war.

Er lächelte sie und sagte: »Ja, fand ich auch.« Seine Augen drückten noch ganz andere Dinge aus, und Katja begann, sich ein bißchen besser zu fühlen.

Aber sie war noch immer vorsichtig. »Sehen wir uns wieder?« fragte sie.

Diese Frage fand er so abwegig, daß er völlig überrascht reagierte. »Was?« fragte er, als sei er nicht sicher, sie richtig verstanden zu haben. Dann begriff er, daß Katja offensichtlich nicht sicher war, ob er überhaupt noch etwas von ihr wissen wollte. Der Gedanke, sie verletzt zu haben, schmerzte auch ihn. Er legte einen Arm um sie und zwang sich zu einem Lächeln, obwohl ihm gar nicht danach zumute war. »Klar! Was ist mit morgen?«

Katja nickte und stieg aus dem Wagen. Draußen wandte sie sich noch einmal um. »Oder ... oder hast du Lust, jetzt noch mitzukommen und was zu trinken?«

Marc atmete tief durch. Er mußte an sich halten, um nicht aus dem Auto zu springen, sie in den Arm zu nehmen und ihr alles zu erklären. »Lust schon«, sagte er. »Aber ich muß noch was ganz Wichtiges erledigen.«

Sie nickte nur, sagte aber nichts mehr, sondern ging statt dessen aufs Haus zu. Sie verstand Marc nicht. Er war doch genauso verknallt gewesen wie sie, das hatte sie gemerkt. Sie hatte zwar keine Erfahrung, aber sie hatte sich garantiert nicht geirrt. Warum also hatte er plötzlich aufgehört? Bisher war immer sie diejenige gewesen, die auf einmal nicht mehr gewollt hatte – aber diesmal nicht. Sie verstand einfach nur noch Bahnhof.

Sie hörte, daß er langsam wegfuhr, aber sie drehte sich nicht noch einmal um.

Eine schöne Überraschung für die Fun-Gang

Marc war nervös. Wo blieben die Mädchen denn nur? Er würde keine Ruhe haben, bevor er nicht endlich mit ihnen geredet hatte. Und das wollte er unbedingt noch vor Unterrichtsbeginn erledigt haben. Endlich tauchten sie auf, zu viert – giggelnd und herumalbernd wie so oft. Zum Glück war Katja nicht dabei.

Als sie ihn bemerkten, blieben sie stehen und sahen ihn erwartungsvoll an.

»Ich muß dringend mit euch reden!« sagte er.

Nic zeigte ihr allerbreitestes Grinsen. »Hey, los, erzähl schon! Wie weit bist du?«

»Sag bloß, es ist schon alles klar?« fragte auch Miriam neugierig.

»Blödsinn!« wehrte Marc ab. »Die Sache hat sich vollkommen ...« Er brach ab, denn in diesem Augenblick kam Katja um die Ecke und steuerte auf sie zu. »Wir reden später, ja?!« meinte er hastig und ging Katja ein paar Schritte entgegen.

Die vier anderen sahen sich an und machten ratlose Gesichter. Was hatte das zu bedeuten?

Katja, die an diesem Tag mit gemischten Gefühlen zur Schule gegangen war, vergaß ihre Bedenken, als sie Marc lächelnd auf sich zukommen sah.

Sie hatte die Nacht kaum ein Auge zugetan und sich nur immer wieder gefragt, was schiefgelaufen war. Es mußte an ihr gelegen haben, das war der Schluß gewesen, zu dem sie letztlich gekommen war. Sie hatte alles richtig machen wollen und dann alles vermasselt. Und das ausgerechnet bei dem einzigen Jungen, der ihr etwas bedeutete. Zum erstenmal in ihrem Leben hatte Katja aus Liebeskummer geweint. Der einzige Trost war, daß sie ihre Mutter damit nicht geweckt hatte, die dann bestimmt nicht lockergelassen hätte, bis sie erfahren hätte, was los war. Auch ohne das hatte Katja schon genug gelitten und war völlig gerädert gewesen, als der Wecker sie an diesem Morgen aus dem Bett getrieben hatte.

Als sie nun Marcs Lächeln sah, das ihr deutlich sagte, wie sehr er sich freute, sie zu sehen, vergaß sie alle komischen Gefühl vom vergangenen Abend und der Nacht. Sie marschierte geradewegs in seine Arme, er fing sie auf, drehte sie einmal herum, küßte sie, sah ihr tief in die Augen, lächelte und ging davon.

»Na, na, na!« rief Miriam. »Was war das denn?«

Auch Nic und Doro gaben Laute erfreuten Erstaunens von sich. Die einzige, die Mühe hatte, nicht grün vor Neid zu werden, war Anika, aber um die kümmerte sich in diesem Augenblick niemand.

Katja jedenfalls antwortete mit einem vielsagenden, strahlenden Lächeln. Mehr war nicht nötig, fand sie.

Miriam, Doro und Anika vertrieben sich die Zeit mit Pokern, während Nic irgendwas am Computer lötete – das Musikprogramm lief nämlich noch immer nicht so, wie es sollte. Plötzlich knallte Miriam einen halben Hunderter auf den Tisch. Verständnislos dreinblickend, griff Anika danach. Doro machte ein ähnlich dummes Gesichter wie sie.

»Wo hast du den denn her?« wollte Anika wissen.

Miriam lächelte geheimnisvoll und ließ die anderen noch ein paar Sekunden schmoren, bevor sie mit der Wahrheit herausrückte. »Von Marc!« verkündete sie feierlich. »Hat er zurückgegeben!«

»Hä?« fragte Doro und verzog das Gesicht. »Jetzt raff' ich überhaupt nichts mehr!«

Nic, die sich nicht beim Löten stören ließ, wagte eine erste Vermutung: »Ich sag' euch was: Er kriegt es nicht gebacken!«

»Ne.« Miriam grinste vielsagend. »Das glaub' ich nicht!«

Aber Anika griff Nics Vermutung eifrig auf. »Klar doch! Ein Abend mit dieser zickigen Jungfrau, und er war voll gestreßt!« Sie ließ sich in einen Liegestuhl fallen. »Sonst hätte er die Kohle doch nicht zurückgegeben!« Sie klang, als müsse sie vor allem sich selbst überzeugen, aber das fiel den anderen nicht auf.

Doro hielt diese Überlegungen nicht für überzeugend. »Und was ist dann mit der Knutscherei heute morgen?«

Nic dachte so angestrengt nach, daß sie vorübergehend sogar den Lötkolben sinken ließ. »Ich sag' euch was«, begann sie wieder und äußerte nun ihre nächste Vermutung: »Es gibt nur eine Erklärung: Der Kerl hat sich total in Katja verknallt. So richtig!«

Miriam grinste, und ihre Reaktion zeigte, daß Nic endlich auf dem richtigen Dampfer war. »Welch Quell der Erkenntnis!« säuselte sie.

Zutiefst befriedigt darüber, daß sie richtig kombiniert hatte, wandte Nic sich wieder ihrer Arbeit zu.

Anika jedoch war nach dieser Aussage echt sauer, und diesmal verstellte sie sich nicht. »Scheiße!« fluchte sie.

Sofort war Miriam bei ihr und hockte sich neben sie. »Wieso denn?«

Anika bereute bereits, sich nicht besser in der Gewalt gehabt zu haben und suchte nach einer Erklärung. »Äh ..., na, die Fotosession! Die können wir dann ja vergessen, wenn Katja nicht kommt!«

Nic kicherte zweideutig. »Die kommt schon!« Doro und sie wechselten einen Blick. »Hoffentlich braucht Marc nicht zu lange!«

Doro fing ebenfalls an zu gackern, und Miriam, die noch immer neben Anika hockte, erhob sich und ging zu den beiden. »Und wißt ihr, was das heißt?« fragte sie. Ihr Tonfall ließ keinen Zweifel daran aufkommen, wie zufrieden sie mit der gesamten Entwicklung war. »Katja ist in Kürze ein vollwertiges Mitglied der Gesellschaft ...«

»... und der Fun-Gang«, fiel Doro ein.

»... und wir sparen auch noch hundert Mark dabei!« Das war natürlich Nic, die Praktische. »Besser kann's doch gar nicht laufen!«

Jetzt erst fiel ihnen auf, daß sich Anika am allgemeinen Jubel nicht beteiligte, und sie riefen im Chor: »Anika!«

Die schrak regelrecht zusammen, so tief war sie in

ihre trüben Gedanken versunken. Aber geistesgegenwärtig hielt sie den halben Hundertmarkschein in die Höhe und sagte mit einem ziemlich schiefen Lächeln: »Dann kommt der hier wieder in die Kasse.«

Nic war fertig mit Löten und drückte auf einen Knopf der Anlage. Zum erstenmal kam etwas anderes heraus, als eintöniges Gequäke, und sie sah triumphierend in die Runde. Was, so hieß dieser Blick, wäre die Fun-Gang ohne Niki Natsche mit der Fliegenklatsche?

Katja und Marc waren im Stadtpark und sahen den Leuten zu, die sich mit allen möglichen Spielen die Zeit vertrieben. In ihrer Nähe spielten ein paar Kinder Frisbee. Sie selbst hatten es sich auf ihren Jacken bequem gemacht.

Katja hatte schon drei Anläufe gemacht, aber die Frage, die sie Marc unbedingt stellen mußte, wollte ihr nicht so einfach über die Lippen kommen. Dabei mußte sie es wissen, und so platzte sie schließlich doch damit heraus, gerade als Marc die Frisbeescheibe, die direkt auf sie zugesegelt kam, auffing und mit einem Lachen zurückwarf.

»Sag mal, wieso wolltest du gestern auf einmal nicht mehr?« Ganz ernst war Katja bei ihrer Frage, sie lächelte nicht einmal.

»Ich mußte noch was klären«, sagte Marc und wich ihrem Blick nicht aus.

»Mit deiner Freundin?« fragte Katja und hielt den Atem an.

Tatsächlich, er nickte! »Ja«, bekannte er.

Sie rückte ein bißchen von ihm weg. So etwas Ähnliches hatte sie ja befürchtet, aber natürlich doch gehofft, daß er einen anderen Grund gehabt hatte für seine plötzliche Zurückhaltung.

»Ich mußte sie doch fragen«, fuhr Marc scheinheilig fort und hatte große Mühe, weiterhin ernst zu bleiben, »ob sie es okay findet, wenn wir es mal zusammen tun ...«

Katja traute ihren Ohren nicht, aber nun endlich sah sie seine lachenden Augen und seine bebenden Mundwinkel. Mit einem kleinen empörten Aufschrei stürzte sie sich auf ihn und warf ihn um. »Boah, du bist ja so ein Schwein!« rief sie lachend und beugte sich über ihn. Seine Hände hielt sie dabei fest und drückte sie gegen den Boden.

»Wieso?« fragte Marc voller Unschuld. »Sie hat gesagt, wenn ich unbedingt will, dann ...« Er ließ ihren Blick nicht los.

»Und, willst du?« fragte sie leise.

Er nickte. »Und du?«

Sie nickte ebenfalls. Verliebt lächelten sie einander an, bis Marc ihr ganz unmißverständlich zu verstehen gab, daß er sie küssen wollte. Ganz langsam beugte sie ihren Kopf nach unten, und dann war es auf einmal wieder genauso schön wie am vergangenen Abend am See.

Später nahm Marc sie auf seinem Fahrrad mit. Sie saß vorne auf der Stange, sicher zwischen seinen Armen, und er fuhr absichtlich ein bißchen riskant, damit sie schreien und so tun konnte, als habe sie Angst. Dann schloß er jedesmal seine Arme fester um sie und gab ihr einen Kuß auf die Stelle ihres Gesichts, die er gerade erwischen konnte. Vor dem alten Fabrikgebäude, das der Treffpunkt der Fun-Gang war, ließ er sie, wenn auch ungern, absteigen.

»Bis heute abend dann«, sagte Katja.

Er lächelte und sah ihr tief in die Augen. »Ich bin um acht Uhr bei dir.«

Zum Abschied bekam sie noch einen Kuß, dann schwang er sich wieder auf sein Fahrrad. Bevor er um die Ecke bog, drehte er sich nach ihr um und klingelte heftig. Katja winkte ihm noch nach, als er längst verschwunden war.

Eine böse Überraschung für Katja

Die Fotosession begann sofort, als Katja kam, die Mädchen hatten nur noch auf sie gewartet. Sie zog sich in Windeseile um. Bert, der sich inzwischen auch eingefunden hatte, war bereits voll in Aktion, sprang herum wie ein Profi und suchte nach den besten Perspektiven, denn er wollte die Mädchen fotografieren, während sie ihren Song aufnahmen. ›Authentische Bilder‹ hatten sie von ihm verlangt, und er würde sie ihnen liefern. Die Bilder sollten dann mit der Kassette zusammen bei dem Kölner Radiosender Eins-Live eingereicht werden.

Die fünf waren sehr aufgeregt. So lange hatten sie an diesem Song gebastelt – zwischendurch hatten sie echte Zweifel gehabt, ob er wirklich jemals fertig werden würde. Aber der große Moment war endlich gekommen: Es wurde ernst!

»Achtung!« rief Miriam, und alle stellten sich auf wie auf einer Bühne. Miriam legte die Kassette ein, drückte feierlich auf ›Record‹, startete den Computer und raste zu den anderen. Im nächsten Augenblick fetzte die Musik auch schon los, und auf einmal hatten sie alle nur noch tierischen Spaß und sangen so unbekümmert, wie sie es bei ihren Proben auch immer getan hatten:

»Hey, hey, hey, ist doch klar,
wir sind immer füreinander da!«
Dann legte Miriam richig los, während die anderen
als Backgoundsängerinnen zu hören waren:
»Wir zusammen sind gemeinsam
eine Einheit und nie einsam!
Sind verschworen beieinander,
kämpfen alle füreinander!
Wir sind Freundinnen und gut drauf –
eine für alle, alle für eine!
Hey, zusammen sind wir die Fun-Gang –
ist doch besser, als alleine!«

Natürlich klappte die Aufnahme nicht gleich beim erstenmal, aber damit hatten sie auch nicht gerechnet. Sie würden solange weitermachen, bis sie zufrieden waren. Sie durften Antonio schließlich nicht enttäuschen, denn er war derjenige gewesen, der sie ermuntert hatte, an diesem Wettbewerb teilzunehmen.

Bert war in seinem Element. Er legte sich sogar auf den Boden, so, wie er das bei den Profis schon oft gesehen hatte und schoß aus dieser Position ein paar Bilder, obwohl sie verdammt unbequem war. Ein guter Fotograf mußte beweglich sein, das wußte er schon lange. Und daß er ein guter Fotograf war, wußte er auch!

Marc dachte an Katja und pfiff vergnügt vor sich hin, während er auf dem Dach des kleinen Stalls stand und hämmerte. Von hier aus hatte man einen weiten Blick über Wiesen und Felder, am Horizont waren einige Hochhäuser zu sehen. Der Stall gehörte zum Bauernhof seines Onkels, dem er half, das Dach auszubessern. Es hatte schon seit einiger Zeit ein paar schadhafte Stellen, und eigentlich hätten sie längst abgedichtet sein sollen. Aber irgendwie war immer etwas dazwischengekommen!

Da Katja sich aber heute nachmittag unbedingt mit ihren Freundinnen hatte treffen müssen, weil sie ihren Song aufnehmen wollten, hatte er die Gelegenheit wahrgenommen, endlich sein Versprechen einzulösen, und war zu seinem Onkel gefahren.

Dieser stand unten vor dem Stall und schob seiner kleinen braunen Stute, die neugierig nach draußen sah und ihn aufmunternd mit dem Kopf anstupste, einen Leckerbissen nach dem anderen ins weiche Maul. Er lachte vergnügt in sich hinein, während sein Neffe oben auf dem Dach unbeirrt weiterpfiff und dabei hämmerte, als würde er dafür bezahlt.

»Paß auf, daß du dir nicht auf den Daumen haust!« rief er nach oben. »Scheint dich ja ganz schön erwischt zu haben, nicht?«

Marc hämmerte weiter, unterbrach aber sein Pfeifen, um zu fragen: »Wie meinst du denn das?«

Das dröhnende Lachen seines Onkels war weithin zu hören. »Du weißt schon, was ich meine!«

Marc lächelte, fing wieder an zu pfeifen und hatte sich im nächsten Augenblick so kräftig auf den Daumen gehauen, daß er nur mit Mühe einen Aufschrei unterdrücken konnte. »Aua!« fluchte er leise und unterzog seine Hand einer genauen Prüfung, aber es war nicht allzu schlimm, obwohl es verdammt weh tat.

Sein Onkel aber bemerkte, daß das Hämmern plötzlich aufgehört hatte und grinste wissend in sich hinein. Er war schließlich auch mal achtzehn und wahnsinnig verliebt gewesen!

Endlich geschafft! Die Musik war aufgenommen, Bert hatte unzählige Fotos geschossen, und nun saßen die Mädchen verschwitzt und ziemlich geschafft um den Kassettenrecorder herum und hörten sich ihre letzte Aufnahme an. Kaum ertönte die Musik, fingen sie automatisch sogar im Sitzen an, sich rhythmisch dazu zu bewegen und leise mitzusingen:

> *»Hey, hey, hey, ist doch klar,*
> *wir sind immer füreinander da!!!*
> *Mädchen sind Monster,*
> *Mädchen sind Monster,*
> *hey, ist doch klar,*
> *wir sind immer füreinander da ...«*

»Boah, ey!« schrie Miriam begeistert, als das Band zu Ende war. Anika rief: »Superklasse!« Katja und Nic strahlten um die Wette.

Die einzige, die sich nicht äußerte, war Doro. Sie saß mit völlig unbewegter Miene ein wenig abseits und begann mit nörgeliger Stimme: »Soll ich euch mal sagen, wie ich das finde?«

Katja, Miriam, Nic und Anika sahen sie verunsichert an. Was war denn auf einmal in Doro gefahren? Ihnen allen gefiel der Song doch gut – konnte Doro allen Ernstes anderer Meinung sein? Selbst Bert hatte Mühe gehabt, beim Fotografieren ganz ruhig zu bleiben und nicht dem Rhythmus der Musik nachzugeben.

Doro war sehr zufrieden, weil es ihr gelungen war, die ungeteilte Aufmerksamkeit ihrer Freundinnen auf sich zu vereinen. Sie sprang auf und jubelte: »Das ist total klasse!« Dann fiel sie Miriam um den Hals.

Anika vergaß ihren Neid auf Katja und umarmte sie ebenfalls stürmisch.

Nic schnappte sich das Band, steckte es in den vorbereiteten Umschlag, der an Eins-Live adressiert war und fragte Bert: »Wann sind die Bilder fertig?«

Er dachte kurz nach und gab dann präzise Auskunft: »In genau achtundfünfzig Minuten!«

»Okay!« Sie reichte ihm den Umschlag. »Dann nur noch die Fotos dazu und ab damit!«

Bert nickte und stürzte davon. Sein erster richtig gro-ßer Auftrag! Er war auf dem besten Weg, berühmt zu werden, davon war er überzeugt. Und natürlich hatte er heimlich von Katja ein paar Bilder mehr gemacht als von den anderen. Wenn sie ihn schon nicht wollte, dann konnte er sich immerhin mit ihren Fotos trösten.

»Das muß gefeiert werden!« rief Miriam

Nic wußte auch sofort, wo: »Heute abend ist Welt-raumnacht im Yeti-Club! Da lassen wir dann richtig die Sau raus!«

Begeisterte Zustimmung bei allen, nur Katja sagte: »Sorry, Mädels, ohne mich. Ich kann heut' abend nicht!«

Mehr wollte sie nicht sagen, aber die anderen hatten sie auch so verstanden und fingen an, sie aufzuziehen.

»Warum das denn nicht?« erkundigte sich Miriam, als

könne sie sich beim besten Willen keinen Grund vorstellen, der Katja von ihren Freundinnen fernhalten
könnte.

»Sollte da vielleicht ein Mann im Spiel sein?« fragte
Nic, aber Doro antwortete sofort: »Niemals! Katja und
Männer, das ist doch so 'ne Sache!«

»Ach ja, richtig!« rief Nic, als hätte sie an diesen wichtigen Punkt gar nicht gedacht. »Sie muß bestimmt Mathe
üben ...« Sie konnte sich das Lachen kaum noch verkneifen.

»Stimmt's?« erkundigte sich Miriam bei Katja. »Der Marc
ist ziemlich gut im ... äh ... in Mathe.«

Nach dieser Bemerkung gab es kein Halten mehr,
Nic prustete laut los, und Katja ließ sich einfach fallen.
Sechs Arme fingen sie auf, und sie sagte lachend: »Ihr
seid total doof!«

Anika aber stand abseits und machte ein böses Gesicht. Diese Geschichte wurde ja immer schlimmer!

Katja hatte sich vorgenommen, Marc ein bißchen zu
überraschen. Sie stand vor dem Spiegel und betrachtete sich aufmerksam. Das tat sie sonst nicht allzu oft, ihr
Aussehen hatte in ihrem Leben bisher keine überra-
gende Rolle gespielt. Aber heute abend, an diesem unglaublich wichtigen Abend, spielte es natürlich eine
Rolle, und sie wollte so schön aussehen wie irgend
möglich.

Was sie sah, gefiel ihr sehr. Sie hatte ein wenig Make-
up aufgelegt, dazu ein paar lustigen Sternchen in den
Augenwinkeln befestigt und die Wimpern dunkel ge-
tuscht. Ihre schönen Augen kamen so noch besser zur

Geltung. Außerdem hatte sie einen Lippenstift gefunden, der genau zu ihrer Haarfarbe paßte. Sie trug ein kurzes rotes Kleid und fand, daß sie für den heutigen Abend perfekt aussah. Sie hielt sich zwar noch ein anderes Kleid an und probierte ein weiteres Paar Schuhe aus, aber sie blieb dann doch bei ihrer ersten Wahl. Alles schien richtig. Sie gefiel sich selbst, also würde sie Marc sicher auch gefallen.

Als es klingelte, lächelte sie ihrem Spiegelbild zu, zog sich ein letztes Mal die Lippen nach und lief aufgeregt zur Tür.

Aber es war nicht Marc, der draußen stand, sondern Anika, die total spacig aussah. Sie trug schon das Außerirdischen-Kostüm für die Weltraumparty: viel Schmuck auf dem Kopf und um den Hals, ansonsten hatte sie eher wenig an, so daß von ihrer guten Figur sehr viel auszumachen war. Sie war stark geschminkt und sah wirklich aus wie jemand von einem anderen Stern: sehr schön und ein bißchen unheimlich.

»Wow, du siehst aber scharf aus«, sagte Anika ein bißchen herablassend zu Katja und marschierte, ohne zu zögern, in die Wohnung, wobei sie sich umsah, als suche sie etwas oder jemanden.

Katja folgte ihr langsam. Dieser Besuch paßte ihr überhaupt nicht. Anika konnte sie im Augenblick wirklich nicht gebrauchen, im Gegenteil. Sie mußte sie so schnell wie möglich wieder loswerden. Aber dazu mußte sie erst einmal herausfinden, warum sie überhaupt hergekommen war.

»Bist du allein?« fragte Anika, nachdem sie sich umgesehen hatte.

»Ja, meine Mutter ist zwei Tage nicht da«, antwortete

Katja, die hoffte, daß Marc nicht auftauchen würde, solange Anika noch da war. Sie wollte allein sein, um ihn zu begrüßen und nicht ausgerechnet Anika dabeihaben! Hoffentlich rückte die bald mit ihrem Anliegen heraus.

»Oh«, Anika lächelte wissend, während sie mit spitzen Fingern ein paar Kleidungsstücke in die Höhe hob, die noch herumlagen, weil Katja die Wahl ihres Outfits für den heutigen Abend so schwergefallen war. Sie begutachtete sie und ließ sie dann achtlos wieder fallen, als wären sie es nicht wert, daß man sich näher damit beschäftigte. Anika war schließlich äußerst modebewußt. »Sturmfreie Bude – und gleich kommt Marc!« Wieder setzte sie dieses Lächeln auf, das Katja überhaupt nicht leiden konnte: Es war wissend und überheblich.

»Aber was machst du denn hier?« fragte sie. Sie konnte sich Anikas Besuch nicht erklären. »Ich denke, ihr seid auf der Party?!«

Anika machte ein ernstes Gesicht. Es schien ihr schwerzufallen, weiterzusprechen. Als sie es doch tat, geschah es zögernd. »Du, Katja, ich muß mit dir reden. Wir ..., äh, also, wir haben totalen Scheiß gemacht ...«

Katja sah sie fragend an, sagte aber nichts. Was hätte sie auch sagen sollen? Sie verstand noch immer nicht, worum es ging.

Endlich sprach Anika weiter. »Also, eigentlich wollten wir dir ja helfen, aber ich finde es trotzdem Scheiße.«

Es reichte Katja allmählich. »Ja«, sagte sie ungeduldig. »Komm zur Sache!«

Anika lächelte wieder, aber anders als vorher. Es war ein mitleidiges Lächeln, und Katja fing an, sich unbehaglich zu fühlen. Was wollte sie nur? Sie sollte endlich ihr Herz ausschütten und dann so schnell wie möglich wieder verschwinden!

»Also«, sagte Anika, »Marc fährt doch voll auf dich ab, nicht?«

Katja mußte lächeln, sie konnte nicht anders. Vorsichtig nickte sie.

Auch Anika nickte, diese Antwort hatte sie erwartet. Sie kam auf Katja zu und blieb direkt vor ihr stehen. »Das darfst du aber nicht so ernst nehmen. Ich meine ... der tut nur so!«

»Woher willst du das denn wissen?« fragte Katja lachend. Diese Idee war wirklich so dumm, daß sie darüber nur lachen konnte. Wenn das alles war, was Anika ihr mitzuteilen hatte, dann hätte sie sich die Mühe sparen können, extra bei ihr vorbeizukommen! So eine alberne Vorstellung. Sie sah Marcs Augen vor sich, hörte seine Stimme, und sofort bekam sie wieder Gänsehaut. Und dieser Marc sollte nur so tun als ob? Lächerlich, absolut lächerlich.

»Versteh mich nicht falsch!« Anika fing wieder an, im Zimmer herumzulaufen. Sie wich Katjas Blick aus. »Ich will nur nicht, daß du dir irgendwie Illusionen machst, von wegen Liebe und so ...« Sie hob ein Kleid hoch, ließ es gleich wieder fallen, wie sie es zuvor auch schon mit anderen Kleidungsstücken getan hatte.

Endlich kam Katja die Erleuchtung. Wieso hatte sie das nicht gleich erkannt? »Du bist eifersüchtig!« sagte sie, und es klang genauso abfällig, wie es gemeint war. Zugleich schwang ausgesprochene Erleichterung in

Katja Stimme mit. Das war die richtige Erklärung für diesen albernen Auftritt, eine andere konnte es nicht geben.

Aber Anika blieb völlig gelassen und schüttelte nur lächelnd den Kopf. Der Vorwurf schien sie nicht zu treffen. »Quatsch, wie kommst du denn darauf?« Sie kehrte zu Katja zurück und sah sie direkt an. Es klang aufrichtig, als sie sagte: »Wir wollen dich doch alle echt gern in der Gang haben!«

Katja fühlte sich auf einmal nicht mehr wohl. Da kam etwas Unangenehmes auf sie zu, das spürte sie ganz deutlich. Die ganze wunderbare Leichtigkeit dieses Tages drohte unterzugehen, und sie wollte gar nicht mehr hören, was Anika ihr noch zu sagen hatte. Am liebsten wäre sie weggelaufen.

Aber Anika sprach schon weiter. »Da wir anfangs den Eindruck hatten, daß du das allein nicht gebacken bekommst, haben wir Marc ...« – sie legte eine winzig kleine Pause ein, um die Spannung zu steigern – »... angeheuert.«

Katja hatte genau verstanden, was Anika gesagt hatte, aber ihr Gehirn weigerte sich, zu glauben, was ihre Ohren gehört hatten. Das war so ungeheuerlich, daß es einfach gar nicht stimmen konnte. Das konnten die Mädchen nicht getan haben – und noch viel weniger konnte Marc sich auf so etwas eingelassen haben. Es war völlig unmöglich – in jeder Hinsicht.

»Ihr habt WAS?« fragte sie und hoffte, daß Anika endlich anfing zu lachen und ihr gestand, daß sie sich lediglich einen kleinen Scherz erlaubt habe.

Aber Anika dachte gar nicht daran zu lachen. Sie wirkte sehr sachlich. Fast geschäftsmäßig berichtete sie:

166

»Wir haben Marc angeheuert. Er soll mit dir pennen, und dafür kriegt er dann hundert Mark.«

Katja stand da, wie zur Salzsäule erstarrt. »Das glaub' ich nicht!« brachte sie nur mühsam hervor.

Anika betrachtete sie eine Weile reglos, dann machte sie sich an einer der Manschetten ihres Kostüms zu schaffen. Ganz langsam zog sie darunter einen halben Hundertmarkschein hervor und hielt ihn hoch.

Katja wurde bleich, als sie darauf starrte.

»Die eine Hälfte hat er vorher gekriegt, und die andere soll er kriegen, wenn ihr's gemacht habt!« erklärte Anika.

Ein halber Hundertmarkschein! Sofort fiel Katja die Szene im Clubhaus wieder ein, als Marc und sie nach dem Segeln so durstig gewesen waren und sich etwas zu trinken gekauft hatten. Acht Mark vierzig hatte Inge verlangt, und Marc hatte ihr einen Schein gegeben – einen halben Hundertmarkschein, den er dann, auf Inges spöttische Bemerkung hin, hastig wieder weggesteckt hatte. Das war der Beweis! Ihr wurde übel. Anika hatte also die Wahrheit gesagt.

Wie sie es schaffte, die Fassung zu bewahren, solange Anika noch da war, wußte sie nicht. Aber die Tränen flossen in dem Augenblick, als sich die Tür hinter ihr schloß.

Anika lächelte. Sie war sehr zufrieden mit sich. Das war ja wirklich super gelaufen – genau richtig. Langsame Steigerung, und dann hatte sie die Bombe platzen lassen. Einfach perfekt.

Natürlich hatte Katja ihr zu Anfang nicht glauben

wollen. Sie war mißtrauisch gewesen, hatte ihr Eifersucht unterstellt, hatte Marc nichts Böses zugetraut – aber das hatte sie schließlich alles richtig vorhergesehen. Gut, daß sie das ›Beweisstück‹ dabeigehabt hatte. Der halbe Hunderter hatte Katja dann ja endlich überzeugt. Sie hatte ganz schön fertig ausgesehen, die Ärmste, aber sie würde drüber wegkommen.

Diesen Abend mit Marc hatte Anika ihr jedenfalls gründlich verdorben – und wenn sich die Situation so entwickelte, wie sie sich das wünschte, dann würde sich zwischen Katja und Marc überhaupt nichts mehr abspielen. Und wenn es sein mußte, würde sie eben noch einmal nachhelfen.

Ein schlechtes Gewissen hatte sie nicht. »Eine mußte es ihr ja schließlich beichten!« sagte sie zu sich selbst, als sie wieder auf der Straße stand und sich vorsichtig umsah. Es wäre ziemlich blöd gewesen, wenn Marc gerade jetzt gekommen und sie hier vor dem Haus gesehen hätte. Aber es war zum Glück weit und breit niemand zu entdecken.

Jedenfalls konnte ihr niemand einen Vorwurf machen. Marc hatte den ›Job‹ immerhin zunächst akzeptiert, und das war der entscheidende Punkt, fand Anika. Daß er später seine Meinung geändert hatte, war nicht so wichtig. Er war bereit gewesen, für Geld mit Katja zu schlafen – und das hatte sie dem Unschuldslamm erzählt. Und ganz wie erwartet, war Katja entsetzt gewesen.

Beschwingt machte sich Anika auf den Weg zur Weltraumparty. Sie würde sich an diesem Abend großartig amüsieren!

Ein Unglück kommt selten allein

Katja lag auf ihrem Bett und weinte. Sie konnte einfach nicht wieder aufhören. Die Tränen flossen aus ihr heraus, und sie war sicher, daß sie in ihrem ganzen Leben nie wieder würde lachen können. Sie weinte und schluchzte und fühlte sich schrecklich unglücklich und alleingelassen. Es gab keinen einzigen Menschen auf der ganzen Welt, dem sie von ihrem Kummer erzählen konnte.

Ihre Mutter war nicht da und auch nicht die richtige Person zum Reden, Maria wußte von der ganzen Geschichte nichts und würde sie vielleicht auch nicht verstehen – und die Mädels von der Gang ...

Wieder fing sie heftig an zu schluchzen. Es ging ja nicht nur um Marc und das, was er ihr angetan hatte, sondern auch um die Mädchen. Wie hatten sie nur so etwas machen können?! Sie hatten sie verkauft, so mußte man das sehen.

Und Marc hatte sich anheuern lassen! Deshalb war er so nett zu ihr gewesen, nur deshalb. Alles, was er gesagt und getan hatte, war Lüge gewesen. Wie war das möglich? Sie hatte ihm jedes Wort geglaubt. Und er hatte es nur für Geld getan.

Und abends am See? Da hatte er plötzlich mittendrin aufgehört und behauptet, er müsse noch etwas erledigen. Nach dem, was sie von Anika erfahren hatte, konnte sie sich gut vorstellen, was das gewesen war: Bericht erstatten, wie weit er schon gekommen war. Oder erst das Geld abholen – ach, sie wußte es auch nicht. Nur eins war offenbar sicher: Er hatte sie schlimmer belogen und betrogen als jemals ein Mensch zuvor.

Nie in ihrem ganzen Leben würde sie ihm das verzeihen!

Marc war ziemlich aufgeregt, als er in die Straße einbog, in der Katja wohnte. Er war einfach wahnsinnig verliebt in sie. Es war so offensichtlich, daß ihm auch sein Onkel auf die Schliche gekommen war. Er mußte lachen, als er sich an die Unterhaltung während der Reparaturarbeiten auf den Stalldach erinnerte. Der hatte natürlich gleich gemerkt, was los war. Er redete nicht viel, aber er war ein guter Beobachter. Es war schwer, etwas vor ihm geheimzuhalten.

Marc holte einmal tief Luft, als er vor der Haustür stand, dann klingelte er. Während er wartete, malte er sich aus, wie Katja ihn begrüßen würde. Und was er tun würde ...

Sie schien ihn nicht gehört zu haben, denn sie öffnete nicht. Er klingelte wieder. Ob sie genauso aufgeregt war wie er? Vielleicht war sie auch noch gar nicht fertig, Mädchen brauchten ja manchmal ziemlich lange, bis sie mit ihrem Äußeren zufrieden waren. Obwohl Katja eigentlich nicht so war, das gefiel ihm unter anderem so gut an ihr.

Allmählich wunderte er sich, daß sie noch immer nicht an der Tür war. Er trat einen Schritt zurück und sah nach oben. Sie war da, eindeutig, denn in ihrem Zimmer brannte Licht. Er rief: »Katja!« und wartete. Jeden Moment mußte ihr Kopf am Fenster erscheinen, und dann würde sie ihm endlich die Tür öffnen.

Aber es geschah nichts. Er klingelte wieder. Diesmal

ließ er seinen Finger lange auf dem Klingelknopf. Es war ja immerhin möglich, daß sie die Musik so laut gestellt hatte, daß sie das Klingeln überhörte. Obwohl ... Sie wußte doch, daß er kam. Und es war acht Uhr, genau wie verabredet. Sie mußte also damit rechnen, daß er vor der Tür stand.

Nach einer Viertelstunde war er völlig ratlos. Sie machte nicht auf, egal, ob er pfiff oder rief oder klingelte. Er konnte sich das beim besten Willen nicht erklären. Offenbar war etwas dazwischengekommen. Vielleicht kehrte ihre Mutter früher als erwartet zurück. Ja, so etwas in der Art mußte es sein. Allerdings wäre sie ihm dann wenigstens eine Erklärung schuldig gewesen. Sie mußte ihn doch nicht so vor der Tür stehen lassen! Er beschloß, sie anzurufen. Vielleicht ging sie wenigstens ans Telefon.

Katja aber lag noch immer verzweifelt weinend auf ihrem Bett und hoffte nur, daß er endlich ging. Sie hatte sich zwei Kissen genommen, die sie auf ihre Ohren preßte, um nicht zu hören, wie er rief und pfiff und klingelte. Es war die reine Folter, und sie wünschte sich Millionen von Kilometern weit weg.

Aber leider lag sie hier auf ihrem Bett, und der Junge, in den sie sich gerade unsterblich verknallt hatte, stand unten vor ihrem Fenster und wollte herein. Aber leider nicht, weil er auch unsterblich in sie verknallt war, sondern aus Geldgier. Oder weil er sich einen kleinen Spaß erlauben wollte. Sie konnte sich richtig gut vorstellen, wie er später mit den Mädels zusammen über das Landei gelacht hätte, dem man einen Kerl kaufen mußte, damit es endlich ein bißchen Erfahrung bekam. Das war ja auch wirklich zu komisch!

Zumindest diesen Spaß hatte sie allen Beteiligten gründlich verdorben.

Aber dann war plötzlich alles still. Er war offenbar gegangen. Endlich!

Sie hatte schon fast damit gerechnet, daß danach das Telefon klingeln würde. Nach dem zehnten Anruf legte sie den Hörer neben die Gabel. Nun herrschten endgültig Ruhe und Frieden, und niemand störte sie mehr in ihrem Kummer.

Es war ein schwerer Gang zur Schule am nächsten Morgen. Was vor Katja lag, war nicht angenehm, aber es mußte erledigt werden, und zwar sofort, auch wenn sie sich obermies fühlte. Sie hatte die ganze Nacht geweint und keine Sekunde geschlafen, natürlich sah sie schrecklich aus – aber das ließ sich nun einmal nicht ändern. Es kam jedenfalls nicht in Frage, daß sie sich zu Hause verkroch, bevor sie den Menschen, die für die Geschichte verantwortlich waren, deutlich die Meinung gesagt hatte. Sie trug eine große, dunkle Sonnenbrille, so daß man ihre roten Augen und die verschwollenen Lider nicht sofort sah. Als sie auf den Schulhof kam, schaute sie sich suchend um und steuerte dann zielbewußt auf Marc zu, sobald sie ihn entdeckt hatte.

Er lief ihr entgegen, schien sich sogar zu freuen, sie zu sehen, der Heuchler. »Katja«, rief er, »was war denn los gestern abend? Ich war um acht da, aber du hast nicht aufgemacht, und danach hab' ich die ganze Zeit versucht, bei dir anzurufen, aber ...«

Ja, ja, das mußte er ihr nicht erzählen, sie wußte

genau, welch große Mühe er sich gegeben hatte, seinen Auftrag zu erfüllen. Aber dennoch, irgendwo in ihrem Innern gab es noch dieses winzige Fünkchen wahnwitziger Hoffnung, daß Anika gelogen hatte, daß das alles nicht wahr war und sich herausstellen würde, daß Marc doch in sie verliebt war.

Sie schob die Sonnenbrille hoch, er sollte ruhig sehen, daß sie geweint hatte. Sonst nahm er die Sache vielleicht nicht ernst. Dann hob sie den halben Hundertmarkschein in die Höhe. »Stimmt das?« fragte sie.

Marc war total platt, das sah sie. Er fing sogar an zu stottern. »Ja, aber ...«

Mehr war nicht nötig, um auch das letzte Fünkchen Hoffnung zu zerstören. Katja ballte die Faust und schlug Marc mitten ins Gesicht. Mit unbewegter Miene sah sie, daß er taumelte. Aus seiner Nase schoß Blut, das er mit einer Hand abwischte, ohne es richtig zu bemerken.

Weder Katja noch Marc kümmerte es, daß sich mittlerweile etliche Neugierige um sie geschart hatten, die das Geschehen mit angehaltenem Atem verfolgten. Auch Bert war da, wie immer, wenn es etwas Interessantes zu sehen gab, und machte Fotos. Er war sichtlich begeistert.

»Und sprich mich bloß nie wieder an, du Arschloch!« schleuderte Katja Marc entgegen.

Der hatte sich von seinem Schock ein wenig erholt und rief: »Was ist denn eigentlich los, verdammt noch mal?«

Sie würdigte ihn keiner Antwort, sondern wandte sich nun an Bert. »Wo sind die blöden Hühner?«

Bert sah sich vorsichtig um und raunte ihr dann zu: »Drinnen. Im Kopierraum. Geheime Mission.«

Katja rauschte davon, und viele Blicke folgten ihr. Der von Marc war fassungslos, aber auch schuldbewußt. Warum hatte er sich auch auf diesen verdammten Deal eingelassen? Schon am See hatte er gewußt, daß das ein Fehler gewesen war.

Der Blick vieler anderer war bewundernd – Wahnsinn, wie sie Marc eine gescheuert hatte, auch wenn niemand wußte, warum eigentlich.

Berts Blick aber war voll unerfüllter, schrankenloser Liebe. »Wow, war das ein Schlag!« sagte er anerkennend. Aber dann war er wieder ganz Geschäftsmann und Profifotograf. Er wandte sich eifrig an die Umstehenden, die bereits begonnen hatten, das Geschehen zu analysieren und zu kommentieren: »Ich hab' alles drauf! Morgen früh könnt ihr die Abzüge abholen, Stück 'n Zehner!«

Im Kopierraum herrschte hektische Betriebsamkeit. Miriam und Nic standen am Kopierer, während Doro und Anika dabei waren, die kopierten Seiten zusammenzulegen. Sie hatten kein Licht gemacht und waren kaum zu sehen. Ihre geheime Mission scheute eindeutig das Licht der Öffentlichkeit.

»Anika, schneller!« drängelte Doro.

Die Stimmung war angespannt, denn die Gefahr, erwischt zu werden, war ziemlich groß, und es hing soviel davon ab, daß sie erfolgreich waren. Eine gute Note brauchten sie alle ziemlich dringend.

Dann aber wurde auf einmal mit Schwung die Tür aufgerissen, und sie fuhren erschrocken zusammen. Erwischt! Alles gescheitert! Der ganze schöne Plan im

Eimer! Jemand stürmte herein und ließ die Tür hinter sich offenstehen. Die Person blieb mitten im Raum stehen und atmete heftig, offenbar weil sie so gerannt war.

Erst dann erkannten Miriam, Doro, Nic und Anika, um wen es sich handelte, und sie atmeten auf.

»Mann, hast du mich erschreckt!« sagte Miriam mit schwacher Stimme, der man die Erleichterung anhörte. »Wir dachten schon ...«

Nic unterbrach sie und kommandierte: »Los, mach die Tür zu!« Sie hatte sich bereits wieder der Arbeit zugewandt und legte das nächste Blatt ein. »Wir kopieren gerade die Matheklausur von morgen ...«

»Das ist mir scheißegal, was ihr hier kopiert!« schrie Katja so laut, daß es bis draußen auf den Schulhof zu hören war, und die vier Mädchen erstarrten bei diesen Worten und sahen sie entgeistert an. Draußen vor der Tür blieben die ersten Neugierigen stehen. War schon wieder was los?

»Was glaubt ihr eigentlich, wer ihr seid?« tobte Katja weiter. »Meint ihr, ich hab' es nötig, daß ihr einen dafür bezahlt, daß er's mit mir macht? Ihr könnt euch eure verkackte Gang in den Arsch stecken – und eure Scheiß-Matheklausur gleich hinterher.«

Auch der Rektor, Herr Schottlock, wurde durch das Geschrei angelockt und machte sich auf den Weg zum Kopierraum. Energisch bahnte er sich einen Weg durch die Menge der Neugierigen.

Katja hatte sich mittlerweile etliche der kopierten Blätter geschnappt und schmiß sie wild durch die Gegend. Die anderen starrten sie an und verstanden noch immer nicht, was eigentlich in sie gefahren war. Nur Anika

wußte es natürlich ganz genau, aber sie hielt wohl-
weislich den Mund.

»Was ist denn mit dir los?« fragte Doro die tobende
Katja.

Miriam hatte ihre Fassung wiedergefunden und stellte
sachlich fest: »Jungfrauensyndrom. Hormoneller Über-
druck, würd' ich sagen.«

Das hätte sie besser für sich behalten, denn es stei-
gerte Katjas Zorn noch. Sie machte ein drohendes
Gesicht und trat langsam auf Miriam zu. Es war allen
klar, daß sie sich auf sie stürzen wollte, und Miriam
ging vorsichtig in Deckung. Katja sah wirklich zum
Fürchten aus, wenn sie losschlagen wollte.

Aber dazu kam es nicht, denn Herr Schottlock hatte
den Kopierraum mittlerweile erreicht und rief: »Na, was
haben wir denn hier? Oh, meine ›Elite-Schülerinnen‹,
komplett versammelt!« Seine Stimme klang höhnisch
und triumphierend zugleich. Endlich hatte er die Mädchen mal auf frischer Tat ertappt, wenn er auch noch
nicht wußte, wobei eigentlich.

Katja blieb stehen und verdrehte die Augen. Mußte
dieser Mensch immer im ungünstigsten Moment irgendwo auftauchen? Mit tödlicher Sicherheit war er stets
dort, wo man ihn gerade überhaupt nicht brauchte. Sie
mußte hier etwas ein für allemal klarstellen, und Schottlock platzte mit seinen kleinkarierten Rachegelüsten
dazwischen.

Die anderen waren ebenfalls entnervt, wenn auch
aus anderen Gründen als Katja. Es war also wieder mal
Essig mit einer guten Mathenote – und das nur, weil
Katja unbedingt hatte herumschreien müssen. Dabei
war es schwierig genug gewesen, überhaupt an die

Klausur zu gelangen, und nun war die ganze Arbeit umsonst gewesen. Das war mehr als ärgerlich. Es kam einer Katastrophe ziemlich nahe.

Herr Schottlock klaubte eins der Blätter, die Katja durch die Gegend geworfen hatte, vom Boden auf, und nun endlich erfaßte er die Situation. Ein Strahlen erhellte sein Gesicht. Soviel Glück hatte er bisher nur selten gehabt. Höhnisch und betont langsam zerriß er das Blatt. »Schon fleißig bei der Vorbereitung für die Matheklausur morgen, was?« meinte er und grinste.

Katja wandte sich um und fixierte ihn einen Augenblick lang. Am liebsten hätte sie ihm auch eine gescheuert, aber das ging wohl doch zu weit. Also begnügte sie sich damit, ihn unwillig beiseitezuschieben und mit wütenden Schritten aus dem Kopierraum zu rauschen.

Wieder folgten ihr etliche Blicke. Diesmal waren sie allesamt mehr oder weniger fassungslos.

Frau Krämer verstand die Welt nicht mehr. Was war nur mit Katja los? Es war überhaupt kein vernünftiges Wort mehr mit ihr zu reden, schon seit Tagen nicht. Etwas mußte während ihrer Abwesenheit passiert sein, aber aus ihrer Tochter war nichts herauszubringen. Sie gab auf Fragen keine Antwort, war völlig in sich gekehrt und hatte morgens verdächtig rote Augen.

Und an diesem Samstagmorgen hatte sie so lange herumgemault, bis sie ihre Mutter endlich soweit gehabt hatte, mit ihr ins Sauerland zu fahren.

Ich bin ja auch blöd, dachte Frau Krämer, warum lasse ich mich darauf ein? Warum tue ich nicht das, was ich mir vorgenommen hatte? Schließlich kann es nicht immer nur nach Katjas Kopf gehen!

Aber sie wußte ganz genau, warum sie dem Ausflug ins Sauerland zugestimmt hatte, obwohl er ihr an diesem Wochenende wirklich nicht in den Kram paßte: Sie wollte ihre Tochter wieder lachen sehen. Auch wenn sie ihr im Augenblick auf die Nerven ging, so tat es ihr doch weh, mit anzusehen, wie Katja litt.

Gerade stürmte sie mit ihrer Tasche aus der Haustür, und Frau Krämer versuchte ein weiteres Mal, Katja zum Reden zu bringen. Allerdings war die Stimmung bereits ziemlich gereizt. »Ich versteh' dich überhaupt nicht mehr, Katja! Gestern wolltest du auf gar keinen Fall fahren – und heute machst du mir die Hölle heiß!«

Katja war genervt, und das zeigte sie überdeutlich. Unwillig fuhr sie ihre Mutter an: »Können wir jetzt bitte endlich fahren!?«

Es klang wie ein Befehl, und das sorgte dafür, daß nun auch Frau Krämer ihre Beherrschung verlor: »Du, bitte nicht in diesem Ton, ja!« rief sie so heftig, daß Katja sich auf die Lippen biß. Sonst hätte sie garantiert schon wieder losgeheult.

Ihre Mutter schüttelte noch ein paarmal verständnislos den Kopf, setzte sich ins Auto, in dem Katja bereits Platz genommen hatte, und fuhr los. Es wurde wieder einmal eine schweigsame Fahrt.

Als Katja zum Reitstall kam, ging es ihr bereits ein bißchen besser. Hier waren ihre wahren Freunde, hier war Raisulih, hier war ihr Zuhause. Das hätte sie nicht so schnell vergessen sollen! Sie würde zuerst einmal mit Raisulih über die Felder fliegen, und dabei würden Essen, die Fun-Gang und vor allem Marc sich ganz allmählich in Luft auflösen und verschwinden.

Sie hatte versucht, Maria anzurufen, aber sie war nicht zu Hause gewesen. Ihre Mutter hatte gemeint, sie müsse im Reitstall sein. Katja hoffte sehr, sie hier zu treffen. Vielleicht konnte sie mit Maria über alles reden, genauso, wie sie es früher immer getan hatten.

Sie lief auf den Stall zu, vorbei am Geländewagen des Tierarztes. Der alte Dr. Müller war also auch wieder einmal hier. Sie mochte ihn gern, früher hatte sie sich oft mit ihm unterhalten.

Als sie den Stall betrat und den Weg einschlug, der zu Raisulihs Box führte, stockte sie mit einem Mal. Vor der Box hatte sich eine Menschentraube versammelt: Bauer Holm, dem der Stall gehörte und seine Frau, Maria mit einem Jungen, den Katja nicht kannte, ein Reiter und die kleine Kim, die letztes Mal beleidigt weggelaufen war, weil Katja gefragt hatte, ob sie sich auch wirklich genügend um Raisulih kümmerte.

Katja fing an zu laufen. »Raisulih!« rief sie und war auch schon in der Box, in der der schöne Hengst völlig erschöpft im Stroh lag. Dr. Müller zog gerade eine Spritze auf.

Katja kniete sich auf den Boden, umarmte Raisulih und flüsterte zärtliche und beruhigende Worte. Er hörte ihr genau zu, war aber zu schwach, um aufzustehen.

Na, alles klar?« flüsterte sie. »Ich bin doch da, was ist denn los?« Sie sah Dr. Müller an. »Was hat er? Was hat er denn nur?«

»Ich erklär's dir später«, antwortete der alte Tierarzt ruhig und gab Raisulih die Spritze. Er wehrte sich nicht einmal, ließ ganz ruhig alles mit sich geschehen.

Plötzlich bekam Katja es mit der Angst zu tun. Sie legte ihren Kopf auf Raisulihs, streichelte ihn und schloß die Augen. Wie egoistisch sie gewesen war! Was bedeutete ihr eigenes Unglück, wenn Raisulih ernsthaft krank war? Er brauchte Hilfe, das sah sie nun. Auf keinen Fall konnte es so weitergehen wie bisher, sonst würde er nie wieder gesund werden.

Später machte Katja mit Dr. Müller und Raisulih einen Spaziergang. Es war ziemlich schwer gewesen, den Hengst zum Aufstehen zu bewegen, aber Katja hatte es durch unermüdliches Zureden schließlich geschafft. Nun führte sie ihn an einer Leine, und er trottete mit gesenktem Kopf neben ihr her, während sie versuchte, herauszubekommen, was ihm eigentlich fehlte.

»Organisch fehlt ihm nichts«, erklärte Dr. Müller bedächtig. »Da ist er absolut gesund, weißt du? Es fehlt ihm wirklich nichts. Noch nicht. Aber wenn er nicht anfängt zu fressen, baut er natürlich immer weiter ab.«

»Ja, aber wo ist denn das Problem?«

Katja bemerkte, daß es dem alten Tierarzt nicht leichtfiel, ihr zu antworten. Seine Worte klangen sehr ernst. »Tja, Katja, also ich glaube, Raisulih verkraftet die Trennung von dir nicht. Der ist unglücklich, weißt du? Todunglücklich.«

Mit gesenktem Kopf lief Katja weiter. Was es hieß, todunglücklich zu sein, davon verstand sie seit neuestem etwas. Und was es bedeutete, von jemandem getrennt zu sein, mit dem man unbedingt zusammensein wollte, das wußte sie auch. Wie gut konnte sie Raisulih verstehen!

Zärtlich strich sie ihm immer wieder über den Kopf, und er sah tatsächlich schon ein bißchen munterer aus als bei ihrer Ankunft. Aber natürlich hatte sie trotzdem noch keine Lösung für das Problem gefunden, denn sie würde ja morgen schon mit ihrer Mutter zurück nach Essen fahren – dann war Raisulih wieder allein. Sie kehrten zurück zum Stall, wo Kim sie schon erwartete. Sie sah ganz traurig aus, aber sie war wenigstens nicht mehr böse auf Katja.

Der Abschied von Raisulih am Sonntag war noch schlimmer als die Male davor. Katja hatte die Arme um seinen Hals geschlungen und weinte. Auch Raisulih wußte natürlich ganz genau, was es bedeutete, daß Frau Krämer am Auto stand und auf Katja wartete. Zumindest glaubte Katja den Ausdruck von Trauer in seinen Augen zu erkennen.

Frau Krämer brach fast das Herz, als sie das verweinte Gesicht ihrer Tochter sah. Das hatte gerade noch gefehlt, diese Geschichte mit Raisulih. Katja war ohnehin schon unglücklich gewesen, nun hatte sie einen weiteren Kummer. Und, was noch schlimmer war, es gab in diesem Fall keine Lösung. Sie jedenfalls wußte keine, obwohl sie sich schon öfter den Kopf darüber zerbrochen hatte.

»Was sollen wir denn machen?« fragte sie, während Katja immer weiter Raisulihs Hals streichelte und dabei lautlos vor sich hinweinte. Sie weinte nicht nur wegen Raisulih, aber das wußte schließlich nur sie allein.

Ihre Mutter sprach weiter. »Zurückziehen? Aber wovon sollen wir leben, wenn ich keinen Job habe?«

»Dann müssen wir ihn eben in die Stadt holen!« meinte Katja. Raisulih stellte die Ohren auf.

»Weißt du, was Reitställe in der Stadt kosten?« fragte ihre Mutter.

Aber das war für Katja in diesem Augenblick überhaupt kein Argument. »Immer denkst du nur an die Kohle! Manchmal sind doch einfach andere Dinge wichtiger!«

Ihre Mutter schüttelte den Kopf. »Entschuldige, aber mehr als zweihundertfünfzig Mark im Monat kann ich einfach nicht bezahlen!« Sie stieg in den Wagen und schlug die Tür hinter sich zu. Wenn sie doch nur eine Lösung für dieses Problem gesehen hätte – aber es schien keine zu geben!

Katja lehnte den Kopf an den von Raisulih, während ihr die Tränen über die Wangen liefen. Ihre Mutter wartete, schließlich sagte sie liebevoll: »Katja! Kommst du?«

Langsam löste sich Katja von Raisulih, gab ihm einen Kuß und ging zum Auto. Aber plötzlich blieb sie stehen und drehte sich noch einmal um. Raisulih beobachtete sie aufmerksam und stellte die Ohren auf. Würde sie zurückkommen und bei ihm bleiben?

Aber nein. Katja wischte sich mit einer heftigen Bewegung über das Gesicht, dann wandte sie ihm endgültig den Rücken zu und stieg zu ihrer Mutter ins Auto. Sie fuhren los, und das Bild von Raisulih, der allein auf der Weide stand und ihnen nachsah, bis sie verschwunden waren, brach beiden fast das Herz.

Alles geht schief

Miriam, Doro, Nic und Anika hatten sich oben auf das Dach des Fabrikgebäudes verzogen. Sie saßen nebeneinander wie die Hühner auf der Stange und starrten mißmutig in die Gegend. Nic war die einzige, die den Blick gesenkt hielt: Sie spielte mal wieder mit dem Musikcomputer herum und entlockte ihm eine traurige Melodie. Auch das trübe Wetter paßte perfekt zur allgemein trüben Stimmung. Auf einmal war die Welt überhaupt nicht mehr lustig, da waren sie sich einig.

Anika freilich war eigentlich recht gut gelaunt, aber das ließ sie sich nicht anmerken. Die Sache zwischen Katja und Marc war jedenfalls geplatzt – und zwar gründlich. Da war nichts mehr zu kitten, wenn sie die Lage richtig einschätzte. Ihr Plan hatte also ganz wunderbar funktioniert. Deshalb hing sie auch völlig entspannt neben den anderen hier oben herum, machte aber vorsichtshalber ein ernstes Gesicht, um nicht aufzufallen.

Sie verstand sowieso nicht, warum die Mädels eigentlich so sauer waren. Bisher hatten sie doch auch ohne Katja ihren Spaß gehabt, und das würde auch in Zukunft so bleiben. Was war denn schon groß passiert? Wirklich nichts Weltbewegendes. Katja war sauer auf die Fun-Gang – na, und? Sie hatte halt keinen Sinn für Humor.

In diesem Augenblick verkündete Doro mit einer wahren Grabesstimme: »FÜNF Finger sind eine Faust!«

Anika lachte. »Quatsch!« rief sie. »Wer hat das denn erzählt?!«

Doro warf ihr einen ziemlich abschätzigen Blick zu. »Mao Tse Tung!«

Es war Anika ziemlich peinlich, sich offenbar die Blöße einer Wissenslücke gegeben zu haben. Hastig sagte sie: »Ist doch egal! Dann treten wir eben einfach ohne Katja auf – wo ist das Problem?«

Nic blickte griesgrämig von ihrem Computer auf. »Wenn wir überhaupt genommen werden!«

Miriam, die die ganze Zeit heftig nachgedacht hatte, war endlich zu einem Ergebnis gekommen. »Es gibt nur eine Erklärung!« teilte sie den anderen mit. »Einer hat gesungen!«

Anika machte ein erschrockenes Gesicht und sah schnell in eine andere Richtung. Auf einmal war sie ziemlich nervös. Das hatte ihr gerade noch gefehlt! Denn wenn die Girls herausfanden, daß sie diejenige gewesen war, die Katja die Sache mit Marc gesteckt hatte, dann konnte sie sich vorstellen, was passieren würde.

»Und ich weiß auch schon, wer!« fuhr Miriam mit unheilverkündender Stimme fort.

Anika hielt den Atem an, und es dauerte mehrere Sekunden, bis sie begriff, daß Miriam jemand anders im Verdacht hatte.

Marc war absolut mies drauf. Die Sache mit Katja setzte ihm heftig zu. Er hoffte, daß ein Nachmittag auf dem Boot sein inneres Gleichgewicht wenigstens halbwegs wieder herstellen würde. Er hatte es dringend nötig.

Und morgen würde er einen erneuten Anlauf unternehmen, mit Katja zu sprechen. Sie mußte seine Erklärungen wenigstens anhören. Er wußte, daß er einen Fehler gemacht hatte, aber dafür konnte sie ihn nicht so hart bestrafen. Er hatte immerhin versucht, die Sache zu klären, bevor es zwischen ihnen richtig ernst geworden war. Aber sie hatte ihn bisher jedesmal abblitzen lassen. Sie ließ ihn nicht einmal zu Wort kommen. Nicht, daß er sie nicht verstand, aber ...

Verblüfft starrte er an die Stelle, an der normalerweise der Katamaran lag. Er war nicht da! Verunsichert sah Marc sich um, konnte ihn aber nirgends entdecken. Er suchte den ganzen Platz ab, der Katamaran war nicht da. Fluchend kehrte er zu seinem Platz zurück und starrte nachdenklich auf den See. Zuerst dachte er, er habe sich getäuscht, aber dann sah er, ziemlich weit entfernt, etwas aus dem Wasser aufragen, das wie ein Mast aussah. Und oben war etwas befestigt ...

»Ach, du Scheiße!« murmelte er, hoffte aber inständig, daß er sich irrte mit seinen Befürchtungen.

Hastig lief er zum Clubhaus und mietete eins von diesen Tretbooten, für die er sonst nur ein mildes Lächeln übrig hatte. Das war etwas für kleine Kinder mit ihren Müttern oder Vätern, aber in dieser Situation hatte er keine andere Wahl.

Es war nur noch der Schwan mit dem superlangen Hals übrig, und der Mann, der ihn Marc vermietete, warf ihm einen zugleich fragenden und mitleidigen Blick zu. Marc war hier als hervorragender Segler bekannt. Was, zum Teufel, wollte er mit einem Tretboot?

Aber Marc nahm sich nicht die Zeit für Erklärungen. Wie ein Verrückter strampelte er, um hinaus auf den See zu kommen. Einige Minuten später war er an dem Mast angelangt. Kein Zweifel mehr: Es war sein Katamaran, den jemand mitten auf dem See versenkt hatte! Und auf dem Wimpel, der oben befestigt war und lustig flatterte, stand in gut lesbaren Buchstaben: *»Verräterschwein!«*

Antonio war entzückt, als Miriam, Doro, Nic und Anika endlich mal wieder in seinem Eissalon blicken ließen. Er hatte sie schon seit einiger Zeit nicht mehr gesehen. Sie nahmen allerdings draußen Platz und bauten sich nicht wie sonst vor seiner Theke auf.

Also schnappte er sich ein Tablett mit Grappagläsern und ging zu ihrem Tisch. »Hallo, *ciao, ragazze!* Wollt ihr nicht mit mir spielen heute? Kommt ihr nicht herein? Schaut mal, heute habt ihr große Chancen!« Und er begann, die umgedrehten Grappagläser hin und her zu schieben.

Die Mädchen verzogen keine Miene. »Ne!« rief Miriam ablehnend, und Nic drückte sich noch drastischer aus: »Antonio, hau ab!« Doro sagte gar nichts, aber ihr grimmiges Gesicht sprach Bände. Die einzige, die freundlich lächelte, war Anika.

Der verunsicherte Antonio wandte sich deshalb an

sie: »He, Anika, du auch nicht? Komm, *bella bionda*, du hast heute große Chancen!«

Anika lachte geschmeichelt, weil er sie ›*bella bionda*‹ genannt hatte, schüttelte aber den Kopf. »Ne, Antonio, heute nicht!«

Nun wurde auch Doro deutlich. »Verpiß dich!« sagte sie unfreundlich zu Antonio, und dieser begriff endlich, daß er bei den Mädchen an diesem Tag an der falschen Adresse war. Er war dennoch nicht beleidigt. Das kam eben mal vor, daß man nicht gut drauf war. Fröhlich wandte er sich ab und rief. »Na gut, dann trink ich eben selber!«

Am Tisch herrschte sofort wieder mißmutiges Schweigen, bis auf einmal ein Jeep langsam heranfuhr und direkt vor ihnen hielt. Marc schob sich oben heraus. Er machte ein ausgesprochen saures Gesicht, als er sagte: »Das fandet ihr wohl total lustig mit meinem Boot, was?«

Mit völlig unbewegter Miene stimmte Miriam zu, während sie ihm direkt in die Augen sah. »Total!«

Doro blitzte ihn giftig an. »Freu dich! Jetzt bist du der erste, der ein U-Boot mit Segeln hat!«

Er starrte sie an. Dann stellte er die Frage, die ihm auf der Zunge brannte, obwohl er am liebsten mit laut aufheulendem Motor weggefahren wäre, so wütend war er. »Was sollte das überhaupt heißen: Verräterschwein?«

Nics Gesicht brachte ihre abgrundtiefe Verachtung zum Ausdruck. »Sag mal, bist du beschränkt?«

Doro setzte noch eins drauf. »Weiß doch jeder, daß Liebe blöd macht!«

Nic war so sauer, weil Marc so harmlos tat, daß sie hätte platzen können. »Doof genug, Mann, daß du auf die Kohle verzichtest«, fauchte sie ihn an, »aber du mußt ihr ja auch noch alles erzählen!«

Ach, daher wehte der Wind. Allmählich begriff Marc, was los war. Wie waren sie denn bloß auf die abwegige Idee gekommen, er hätte Katja ihr Geheimnis verraten? Vielleicht hätte er das besser getan, vielleicht hätte er dann die Möglichkeit gehabt, Katja gleich alles zu erklären. Aber diese Möglichkeit hatte er verpaßt. »Ne!« rief er ungehalten. »Wenn ich ihr das erzählt hätte, hätte sie mir bestimmt keine geballert!« Er sah sie alle der Reihe nach an und ließ sie merken, was er von ihnen dachte. »Das muß schon eine von euch linken Schwestern gewesen sein!«

Er verzog das Gesicht, warf ihnen einen letzten angewiderten Blick zu und donnerte davon.

Nic sprang von ihrem Platz auf, rannte auf die Straße und hielt den gestreckten Mittelfinger hoch, aber es war nicht anzunehmen, daß Marc das noch sah. Er war nämlich bereits um die nächste Ecke gebraust.

Nic ließ sich wieder auf ihren Stuhl fallen und fing an nachzudenken. Was dabei herauskam, gefiel ihr gar nicht. Sie war im übrigen nicht die einzige, die nachdachte. Auch Miriam bot einen sehr in sich gekehrten Eindruck nach diesem furiosen Auftritt von Marc.

Doro, die mit Anika zur Theke gegangen war, um sich ein Eis zu holen, brachte es auf den Punkt, als sie an den Tisch zurückkehrte: »Wie sagte Mao Tse Tung so treffend? Der Verräter ist mitten unter uns.« Zufällig sah sie dabei Anika an.

Miriam und Nic sagten gar nichts, denn Doros Ausspruch war ein ziemlicher Hammer, und den mußten sie erst einmal verdauen. Aber Anika mußte gar nichts verdauen, und deshalb ging sie sofort zum Angriff über. »Wie kommt man denn auf so 'ne beknackte Idee?« fuhr sie Doro an. Dann fuhr sie sanfter, aber vieldeutig fort: »Sag mal, weißt du vielleicht was, was wir nicht wissen?«

Sich mit Doro anzulegen war in keinem Fall eine gute Idee. »Du blödes Huhn!« fuhr sie Anika aufgebracht an. »Glaubst du etwa, ich hätte es Katja verraten, oder was?«

Anika faßte sich schnell und legte Doro einen Arm um die Schultern. »Du doch nicht!« sagte sie mit ihrem freundlichsten Lächeln. Sie sah in die Richtung, in der Nic und Miriam saßen. »Ich meine, wer hat denn den besten Draht zu Marc?«

Miriam fühlte sich sofort angesprochen und fuhr hoch wie von der Tarantel gestochen. »Was?« schrie sie. »Ich?«

Nic hatte den bisherigen Verlauf der Auseinandersetzung mit offenem Mund, aber ohne ein Wort zu sagen, verfolgt. Doch nun war das Maß voll, und sie mußte ihre Fassungslosigkeit über das Gekeife endlich zum Ausdruck bringen. »Sagt mal, ihr Zicken, dreht ihr jetzt völlig am Rad?« rief sie.

Daraufhin geschah etwas Unerwartetes, daß sich nämlich Doro auf Anikas Seite zu schlagen schien. Jedenfalls schoß sie gegen Miriam und Nic. »Ja, ihr zwei, ihr seid ja sowieso immer unzertrennlich!« schrie sie. »Vielleicht wart ihr's ja zusammen!«

Anika war mit diesem Verlauf des Streits sehr zufrieden und pflichtete Doros Anschuldigung mit einem Kopfnicken bei. Sie stand jedenfalls nicht mehr im Mittelpunkt, und das war die Hauptsache.

Antonio, der im Hintergrund den Tresen wienerte,

beobachtete das Geschehen zunehmend verständnislos. Waren das dieselben fröhlichen vier Mädchen, die
sich bei ihm immer durch ihren Gesang ihr Eis ver-
dienten? Er konnte es nicht glauben. Nein, völlig unmöglich. Diese keifenden Furien hatten nicht die al-
lergeringste Ähnlichkeit mit den Mädels, die ansonsten
zu seinen Lieblingsgästen gehörten. Dabei hatte er sie
immer dafür bewundert, wie gut sie sich verstanden!
Und immer hatten sie zusammengehalten! Aber jetzt?
Er machte ein bekümmertes Gesicht und wienerte
weiter.

Nic und Miriam sahen sich auf Doros Verdächtigung
hin an und schüttelten verständnislos die Köpfe. Dieses dummes Gerede verdiente eigentlich nicht einmal
eine Antwort, aber einfach auf sich sitzen lassen konnte man eine solche Anschuldigung natürlich auch nicht.

»Hey, du!« schrie Nic wütend. »Immer voll auf Zen,
aber jetzt Scheiße labern. Du nervst, Alte!«

Doro ließ sich von diesem Geschrei nicht beeindruk-
ken, sie dachte nicht daran, nun einfach aufzuhören.
Anika jubelte innerlich. Großartig, wie das lief! Sie ver-
dächtigten sich alle gegenseitig, und sie war in Sicherheit.

Doro knöpfte sich nun Miriam vor. »Tja, vielleicht
war es ja wirklich unsere heimliche Chefin!« Ihr Blick
forderte Miriam heraus, und die nahm die Herausfor-
derung an.

»Bei uns gibt's aber keine Chefin!« sagte sie mit fester
Stimme.

Anika grinste frech. Sie entschied, daß sie es wieder
wagen konnte, sich einzumischen. »Das wüßte ich aber!«

»Ich allerdings auch!« bekräftigte Doro.

Jetzt reichte es Miriam. Sie sprang auf und ging auf die beiden zu. Direkt vor Doro blieb sie stehen. »Ich bin also der Tyrann hier, ja?«

»Ja, genau!« antwortete Doro mit fester Stimme und bösem Blick. »Bist du!«

Antonio hatte aufgehört zu wienern. Die Sache gefiel ihm gar nicht. Er hatte gedacht, die Mädchen würden nach einer Weile selbst merken, wie blöd sie sich benahmen, und einfach anfangen zu lachen. Statt dessen steigerten sie sich immer mehr in die Sache hinein! Er überlegte, ob er eingreifen sollte, kam aber zu der Überzeugung, daß das sicherlich vollkommen zwecklos war. Sie waren so wütend, daß ein winziger Funke genügen würde, um das Faß zum Überlaufen zu bringen. Diese netten Mädchen – und nun das! Antonio war unglücklich.

»Und du laberst den ganzen Tag lang nur gequirlte Kacke!« schrie Miriam und funkelte Doro an. Dann schubste sie Anika heftig beiseite und machte mit ihr weiter: »Und bei dir weiß man sowieso nie, wo man dran ist. Du Frau mit den zwei Gesichtern!«

Das war gar nicht in Anikas Sinn, und sie wehrte sich sofort heftig: »Du bist ja wohl total bescheuert!«

Nic hatte den dreien in stummer Erbitterung zugesehen, wie sie sich gegenseitig immer höher geschaukelt hatten. »Jetzt verstehe ich die Jungs!« schrie sie angeekelt. »Voll die hysterischen Weiber! Kloppt euch doch, aber ohne mich!« Sie sprang auf, marschierte auf die anderen zu, schob sie rücksichtslos beiseite und ging weg.

»Ja, typisch Nic!« schrie Doro ihr nach. »Immer abhauen, wenn's ernst wird!«

Anika war wieder obenauf, seit sie nicht mehr im Mittelpunkt der Anklagen stand. »Die wird schon ihre Gründe haben!« meinte sie mit vielsagendem Blick zu Doro.

Nic blieb sofort stehen, als sie das gehört hatte. Einen Augenblick lang war nicht klar, ob sie weitergehen würde, aber das tat sie nicht. Statt dessen drehte sie sich langsam um und kam mit wutverzerrtem Gesicht zurück, direkt auf Anika zu.

Diese erschrak, aber sie konnte Nic nicht ausweichen, deshalb stellte sie sich etwas näher zu Doro, doch das nützte ihr nichts. Nic sagte böse: »So, wenn du dein blödes Maul nicht halten kannst, dann gibt's eben was drauf!« Im nächsten Augenblick schon hatte sie Anika gepackt und zu Boden geworfen. Doro versuchte noch, sie zurückzuhalten, aber sie hatte keine Chance. Nic war vor Wut außer sich.

»Mann!« schrie Doro. »Wer Gewalt anwendet, ist immer im Unrecht, sagt Mahatma Ghandi!« Sie versuchte noch immer, die beiden zu trennen, aber Miriam rempelte sie an und zischte wütend: »Oh, Scheiß was auf Ghandi!« und stürzte sich auf Doro.

»Ghandi?« fragte Antonio von seinem Tresen her verwundert. »Ist der nicht verhungert?« Um diesem Schicksal zu entgehen, machte er sich über das Eis her, das er eigentlich Anika zugedacht hatte.

Natürlich bekam er keine Antwort, denn die vier Mädchen hatten völlig vergessen, daß sie eine eng verschworene Gemeinschaft waren, und sich in ein schreiendes, schlagendes und Wutgeheul ausstoßendes Knäuel verwandelt. Jede kämpfte gegen jede, und die Erbitterung stand ihnen in die Gesichter geschrieben. Ratlos sah

Antonio auf das unglaubliche Chaos, das auf einmal in seinem Eissalon herrschte. Das schlimmste daran war, daß er nichts anderes tun konnte, als tatenlos zuzusehen.

Viel später – eine halbe Ewigkeit später – kam Miriam am Treffpunkt der Fun-Gang an. Niemand außer ihr war hier. Sie legte sich in eine Hängematte und dachte nach. Alles ging schief, aber auch alles.

Katja war wütend auf die Fun-Gang, und wenn sie ganz ehrlich zu sich selbst war, dann konnte sie Katja sogar verstehen. Zwar hatten sie nur helfen wollen, aber für Katja war das Ganze natürlich ziemlich beschämend. Wie sie es schon gesagt hatte: So, als müsse man einen bezahlen, damit er's mit ihr machte. Dumm gelaufen. Dabei mochte sie Katja wirklich sehr, sie hätte sie gern zur Freundin gehabt. Aber das war ja nach dieser Sache wohl endgültig gelaufen.

Außerdem war dadurch ihre Beteiligung an dem Girl-Band-Wettbewerb gefährdet. Sie hatten sich zu fünft beworben, nicht zu viert. Na ja, schränkte sie ein, immerhin bestand auch noch die Möglichkeit, daß sie sowieso nicht genommen wurden. Aber wenn ... Ohne Katja würde das nicht laufen, auch wenn Anika in diesem Punkt mal wieder anderer Meinung war.

Die Frage war sowieso, ob es die Gang noch gab, nach dem, was heute vorgefallen war. Sie hatten sich allen Ernstes in Antonios Eissalon geprügelt! Sie schämte sich, daß sie sich so hatte gehenlassen, aber nun war es zu spät. Und Zeugen für diese Blamage hatte es auch genug gegeben.

Konnte man so etwas überhaupt vergessen und danach einfach so weitermachen wie zuvor? Sie wußte es nicht. Vielleicht war das das Ende der Gang. Und dann gab es natürlich auch keine Teilnahme bei einem Wettbewerb mehr. »Wir zusammen sind gemeinsam eine Einheit und nie einsam ...« Wie ironisch diese Zeilen auf einmal klangen.

Die Welt sah überhaupt nicht mehr aufregend und lustig aus, sondern nur noch trüb und grau. Miriam wußte nicht weiter.

Anika hatte sich, in einem sehr knappen gelben Bikini, der ihre Figur hervorragend zur Geltung brachte, auf Marcs Boot ausgestreckt, das mittlerweile wieder an seinem Platz lag und segelfertig aufgetakelt war. Zwar lag nebenan ein Boot, das fast genauso aussah wie das von Marc, aber sie war sicher, sich das richtige ausgesucht zu haben. Schließlich kannte sie den Platz, an dem es immer lag – sie war ja oft genug hier gewesen.

Nur Marc fehlte noch! Wenn er sie so sah, würde er ihr hoffentlich nicht mehr widerstehen können. Alle anderen Hindernisse waren ja nun aus dem Weg geräumt, Katja wollte endgültig nichts mehr von ihm wissen. Sie hatte wirklich ganze Arbeit geleistet. Zufrieden grinste Anika in sich hinein.

Als Marc endlich kam, überprüfte sie noch schnell den Sitz ihres Bikinis und stellte fest, daß alles in bester Ordnung war. Sie sah super aus, Marc konnte gar nicht anders, als das endlich zur Kenntnis zu nehmen.

Als er näher kam, strahlte sie ihn an. Er sah ziemlich überrascht aus und nicht gerade begeistert, aber davon ließ sie sich nicht entmutigen. »Tut mir echt leid, die Sache mit deinem Boot. Ich fand die Idee von Anfang an scheiße ...«

Er warf ihr einen schwer zu deutenden Blick zu. Seine Stimme klang, als glaube er ihr nicht, und er lächelte nicht einmal. Völlig ernst sah er ihr in die Augen, als er sie fragte: »Und deshalb bist du hier, ja?«

Seine betonte Zurückhaltung verunsicherte sie. Hatte er ihren Bikini überhaupt bemerkt? Wie sollte sie ihn jemals für sich gewinnen, wenn er sie nicht einmal richtig ansah? Sie beschloß, trotzdem unbeirrt ihr Ziel zu verfolgen und fragte: »Sag mal, brauchst du nicht noch jemanden zum Mitsegeln? Ich mein', das geht doch nur zu zweit, oder?«

Er nickte. »Ja, eigentlich schon.« Wieder traf sie dieser eigenartige Blick, von dem sie nicht wußte, was er zu bedeuten hatte. Noch immer war er völlig ernst.

Sie richtete sich erwartungsvoll auf. Jetzt mußte er sie doch einfach einladen! Wie lange wartete sie schon darauf, mit ihm zu segeln. So nah wie in diesem Augenblick war sie der Erfüllung dieses Traums noch nie gewesen. Zumindest glaubte sie das.

Aber im nächsten Moment erlebte sie eine böse Überraschung. Marc wandte sich ab und war mit einem Sprung auf dem benachbarten Boot, das sich gleich darauf auch schon vom Ufer entfernte.

»Hey!« rief Anika empört und enttäuscht zugleich. Marc schien sie nicht zu hören, denn er drehte sich nicht noch einmal um. Er war vollauf mit seinem Boot beschäftigt.

Langsam ließ Anika sich zurücksinken. Seit einiger Zeit ging alles schief. Einfach alles!

Liebesbeweise und Rettungsversuche

Marc kam sich ein bißchen merkwürdig vor, mitten in der Nacht mit einem Spaten und einer Unmenge Pflanzen im Jeep seiner Mutter zu dem Haus zu fahren, in dem Katja wohnte. Aber da sie nicht mehr mit ihm sprach, hatte er sich entschlossen, zu anderen Mitteln zu greifen, um sie zurückzuerobern. Er würde den jetzigen Zustand nicht einfach akzeptieren, er würde kämpfen. Auch mit ungewöhnlichen Mitteln, wenn es sein mußte. Nach den Erfahrungen der letzten Tage mußte es sein.

Er sah sich um. Niemand war zu sehen, die Straße lag völlig ruhig da. Das Haus, in dem Katja wohnte, war dunkel, in keinem einzigen Zimmer brannte noch Licht. Kein Wunder, es war weit nach Mitternacht.

Leise begann er, die Sachen auszuladen. Er hatte sich vorher genau überlegt, wo und wie er es machen wollte, und so verlor er keine Zeit mehr, sondern machte sich an die Arbeit. Er grub und pflanzte, grub und pflanzte, bis ihm der Schweiß in Strömen von der Stirn lief. Aber er machte keine Pause, er mußte fertig sein, bevor es wieder hell wurde. Langsam wurden die Umrisse erkennbar, aber es dauerte insgesamt viel länger, als er angenommen hatte. Der Rücken tat ihm weh, er hatte bereits eine Blase an der Hand, aber mit zusammengebissenen Zähnen arbeitete er weiter.

Die Form machte ihm Probleme, er mußte sie mehrmals korrigieren. Es war einfach zu dunkel für präzise Arbeit, aber das Ganze mußte trotzdem perfekt sein, etwas anderes kam nicht in Frage. Verbissen grub er weiter, und dann hatte er plötzlich die letzte Pflanze in der Hand. Er setzte sie mit ganz besonderer Sorgfalt an ihren Platz und richtete sich auf.

Endlich war er fertig! Er ging ein paar Schritte zurück, stützte sich auf den Spaten und betrachtete sein Werk. Es sah gut aus, fand er. Hoffentlich fand Katja das auch. Und hoffentlich ließ sie sich durch die Botschaft erweichen.

Als Frau Krämer morgens aus dem Fenster sah, rieb sie sich ungläubig die Augen. Das konnte doch nicht wahr sein, was sie da sah! Aber auch als sie die Augen mehrmals auf- und zugeklappt hatte, blieb die Erscheinung.

Sie lief in Katjas Zimmer. »Steh auf, Katja, du mußt dir unbedingt etwas ansehen!«

Katja brummelte nur. Sie schlief noch halb.

»Los, komm!« drängte ihre Mutter. »Jemand hat dir eine Botschaft hinterlassen. Direkt vor unserem Haus!«

»Mir?« fragte Katja verschlafen. »Was 'n für 'ne Botschaft?«

»Steh auf und komm mit ans Fenster, dann siehst du's«, antwortete ihre Mutter lächelnd. »Man muß es sehen, es läßt sich schlecht erklären!«

Katja war allmählich neugierig geworden, und so stand sie auf und lief zum Fenster. Mit großen Augen starrte sie auf den Rasen. Er war endgültig verrückt geworden! Katja wußte sofort, daß es Marcs Werk war, das sie vor sich hatte: Direkt unter ihrem Fenster prangte auf dem Rasen ein großes rotes Blumenherz, das von einem gelben Blumenpfeil durchbohrt wurde.

»Eine wunderschöne Liebeserklärung«, stellte ihre Mutter bewundernd fest, die neben ihr am Fenster stand. Einen ganz kurzen Moment lang schmolz Katja dahin. Aber gleich darauf loderte wieder helle, flammende Wut in ihr. Sie schnappte sich ihre Klamotten und knallte wenige Sekunden später die Wohnungstür hinter sich zu.

»Wo willst du denn hin?« rief Frau Krämer hinter ihr her, aber es war zu spät, ihre Tochter war längst weg.

Wütend rannte Katja in den Keller. Der Typ sollte sich doch bloß nicht einbilden, daß er sie auf diese blöde Tour weichkochen konnte! Sie doch nicht!

Frau Krämer verstand die Welt nicht mehr, als sie ihre Tochter gleich darauf mit dem elektrischen Rasenmäher unten auftauchen sah. Katjas Gesicht war völlig verkniffen, die Lippen hatte sie fest aufeinandergepreßt. Sie warf den Rasenmäher an und mähte innerhalb weniger Sekunden das schöne Blumenherz samt Blumenpfeil kurz und klein.

Endlich war der Unterricht vorbei! Katja war erleichtert. Es war anstrengend in der Schule, seit sie sich mit den Mädchen von der Gang und mit Marc im Krieg befand, aber das ließ sich nun einmal nicht ändern. Außerdem hatte sie im Augenblick größere Sorgen, als diese blöde Geschichte. Sie konnte sich sehr schlecht konzentrieren, weil sie Angst um Raisulih hatte. Ihre Mutter hatte recht gehabt mit ihrer Befürchtung, daß Reitställe in Essen sehr teuer waren, aber trotzdem hatte Katja beschlossen, den billigsten ausfindig zu machen und das fehlende Geld selbst zu verdienen.

Als Marc ihr entgegenkam und sie erwartungsvoll ansah, ging sie mit unbewegtem Gesicht an ihm vorbei und würdigte ihn keines Blickes. Er bildete sich hoffentlich nicht ein, daß sein albernes Blumenherz sie erweicht hatte. Da kannte er sie aber schlecht!

Sie war schon an ihm vorbei, als er »Katja!« sagte. Ganz leise und mit soviel Sehnsucht in der Stimme, daß sie mit einem Ruck stehenblieb und sich umdrehte. Sie merkte nicht, daß alle Schüler, die gerade in der Nähe waren, ebenfalls stehenblieben, weil sie hofften, daß ihnen wieder ein Spektakel geboten wurde. Auch Anika war in der Nähe und beobachtete die beiden.

Katja sah Marc emotionslos in die Augen. Er kam langsam auf sie zu, bis sie ganz dicht voreinander standen. Katja wandte den Blick nicht ab, und Marc schluckte verlegen. Sie machte es ihm wirklich nicht leicht, fand er. Und dann sagte er endlich, was er ihr schon mit seiner nächtlichen Aktion hatte sagen wollen: »Katja, ich liebe dich!«

Noch immer sah sie ihn. Hatte sie ihm endlich verziehen? Würde sie sich von ihm küssen lassen? Ach, wie sehr er sich das wünschte! Langsam näherte sich sein Kopf dem ihren, sie wich nicht zurück.

Sein Herz fing an wie wild zu klopfen, und er wollte sie gerade an sich ziehen, als ihre Hand so heftig auf seine Wange klatschte, daß er zurücktaumelte. Als er sich wieder gefangen hatte, war Katja schon fast außer Sichtweite.

Bert hatte sich sehr gefreut, als Katja ihn gebeten hatte, sie zu begleiten. Und er war mehr als geschmeichelt gewesen, weil sie ihm ihr Vertrauen schenkte. Sie hatte ihm von ihrem Kummer mit Raisulih erzählt und daß sie auf der Suche nach einem Reitstall für ihn war. Sie hatte einen ziemlich billigen gefunden, den wollten sie sich ansehen. Deshalb waren sie heute morgen ziemlich früh mit ihren Rädern aufgebrochen.

Für Bert hing der Himmel voller Geigen. Katja hatte *ihn* gefragt, ob er sie begleiten wolle, nicht etwa Marc oder einen anderen Jungen. Oder eine von ihren Freundinnen – seine Schwester Doro zum Beispiel. Das konnte doch eigentlich nur heißen, daß seine Chancen bei ihr gar nicht so schlecht standen, wie er zuletzt befürchten mußte, weil sie ihm einen Korb nach dem anderen gegeben hatte.

Aber wieder einmal schien es, als habe er sich falsche Hoffnungen gemacht, denn als er sein Angebot erneuerte, ihr bei einer gewissen Sache behilflich zu sein, holte er sich erneut eine Abfuhr – und zwar eine ziemlich drastische.

»Vergiß es, Berti!« sagte Katja energisch, während sie eine ziemlich öde Straße in einer ziemlich öden Gegend entlangradelten. »Ein für allemal! Ruf so 'ne Telefonsex-Nummer an und laß dir was vorstöhnen!«

Vor Schreck trat er auf die Bremse. Das hätte sie wirklich nicht sagen dürfen, nicht einmal Katja durfte so mit ihm umgehen.

Sie hatte bemerkt, daß er nicht mehr neben ihr fuhr, und kam schon zurückgeradelt. Sie umkurvte ihn einmal, dann hielt sie direkt neben ihm und sagte reumütig: »Sorry, war nicht so gemeint, aber ich hab' im Moment echt andere Probleme!«

Das wußte er ja, aber war das ein Grund, solche Sachen zu ihm zu sagen? Sein Herz blutete, und er konnte sich nicht entscheiden, ihr zu folgen, als sie wieder losfuhr.

Nach ein paar Metern sah sie sich nach ihm um. Er rührte sich noch immer nicht. »Nun schmoll nicht, komm!« rief sie, aber er blieb stehen. »Bert!«

Er war zwar noch immer frustriert, setzte sich jedoch endlich wieder auf den Sattel und strampelte los, bis er neben ihr war. Aber das bewußte Thema würde er ihr gegenüber nicht mehr anschneiden. Nie mehr, das schwor er sich, und deshalb fing er gleich an, von etwas anderem zu reden. »Warum willst du dein Pferd eigentlich hierhin stellen? Ist doch am Arsch der Welt!«

»Ja, das weiß ich auch, aber das ist der einzige Stall in dieser Scheiß-Stadt, der nur vierhundert im Monat kostet! Wenn ich mir 'nen Job suche, krieg' ich das schon irgendwie hin.« Sie sah sich suchend um. »Hier muß er eigentlich sein ...«

Ratlos ließ Bert seine Augen über die Umgebung schweifen. Sie standen in unmittelbarer Nähe einer Autobahnbrücke, und es war unerträglich laut hier. Das trübe Wetter trug ein übriges dazu bei, den Eindruck von Trostlosigkeit zu verstärken.

Und dann sahen sie ›den Stall‹ beide in derselben Sekunde. »Oh, no!« schrie Katja entsetzt, und Bert konnte ihr nur beipflichten. Direkt unter der Autobahnbrücke stand ein windschiefer Schuppen inmitten von Schlamm und Schutt. In dieser Wüste trottete ein einsames, ausgesprochen klappriges Pferd und suchte auf dem Boden vergeblich nach etwas zu fressen.

Katja hatte genug gesehen. Bert auch. Sie wechselten einen Blick, dann bestiegen sie wortlos ihre Räder und machten sich auf den Rückweg. Dieser Ausflug war leider ein kompletter Reinfall gewesen.

So leicht wollte sich Katja nicht entmutigen lassen. Sie hatte sich das Telefonbuch geschnappt und fing an, systematisch die Reitställe in der Umgebung anzurufen. Sehr viele waren es leider ohnehin nicht, und das machte die Wahrscheinlichkeit, eine wenigstens halbwegs erschwingliche Unterkunft für Raisulih zu finden, noch unwahrscheinlicher.

»Und wo liegt Ihr Reitstall genau?« fragte sie, als sie den dritten Versuch startete. Vom anderen Ende der Leitung bekam sie eine ausführliche Beschreibung, die sehr zufriedenstellend klang. Katja strahlte. »Das hört sich ja sehr interessant an! Und was kostet das im Monat?« Das Strahlen verschwand und machte fassungsloser Empörung Platz. »WAS???« Sie schrie fast. »Neunhundert Mark?« Mit einem lauten Knall landete der Hörer auf der Gabel.

»Scheiße!« Sie rannte ein paarmal durchs Zimmer. Es schien aussichtslos zu sein, für Raisulih in Essen etwas zu finden. Die Preise waren astronomisch oder die Plätze waren eine solche Katastrophe wie der, den sie sich zusammen mit Bert angesehen hatte. Aber es mußte doch auch hier Leute wie sie und ihre Mutter geben, die sich solche wahnsinnigen Summen im Monat einfach nicht leisten konnten und trotzdem ein Pferd hatten?

Entschlossen nahm sie sich erneut das Branchenbuch vor und begann zu wählen, aber in diesem Augenblick klingelte es an der Tür. Katja zögerte. Wer konnte das denn sein? Sie legte den Hörer auf die Gabel und ging zur Tür. Zu ihrer größten Überraschung stand Anika davor.

Diese wirkte längst nicht so selbstbewußt wie sonst. Eher im Gegenteil. »Hi, Katja«, sagte sie fast schüchtern.

Aber Katja war noch immer sauer auf sie und fragte giftig: »Was willst du denn hier?«

»Ich muß mit dir sprechen.« Anika war tatsächlich sehr kleinlaut. »Ich hab' echt Scheiße gebaut. Jetzt sind alle mies drauf. Die Fun-Gang und Marc ... und ich bin schuld!«

Aber das interessierte Katja alles überhaupt nicht. »Weißt du was, Alte? Ich habe echt andere Probleme! Also los, schieb ab!« Und mit diesen Worten knallte sie der völlig verdatterten Anika die Tür vor der Nase zu.

Das hatte sie nun davon! Anika ließ den Kopf hängen und schlich die Treppen hinunter. Was sollte sie denn bloß tun, um die ganze blöde Geschichte wieder in Ordnung zu bringen? Hätte sie doch bloß nichts von den hundert Mark erzählt.

Das ganze Leben machte keinen Spaß mehr, wenn es niemanden gab, mit dem man reden und lachen und Unsinn machen konnte. Und Marc konnte sie sowieso niemals für sich gewinnen, das hatte sie nun auch endlich begriffen. Er interessierte sich einfach nicht für sie, und das schmerzte mehr als alles andere. Aber damit mußte sie eben fertigwerden. Und sie mußte dafür sorgen, daß sich die Mädels der Fun-Gang wieder miteinander versöhnten. Es war ja wirklich alles ihre Schuld.

Sie war so in ihre Gedanken vertieft, daß sie über Bert stolperte, der auf den Stufen vor Katjas Haustür saß und trübsinnig seine Sammlung bunter Präservative betrachtete. Fast wäre Anika gefallen, und wütend rief sie: »Ey, kannst du nicht aufpassen?«

Der sonst so sanftmütige und liebenswürdige Bert sagte äußerst unfreundlich und ohne auch nur den Kopf zu heben: »Laß mich bloß in Ruhe!«

Es war sein Ton, der Anika aufmerksam machte und sie von ihrem eigenen Kummer ablenkte. Sie war offenbar nicht die einzige, die Probleme hatte. Katja hatte ja wohl auch welche – obwohl sie sich schon denken konnte, worum es sich dabei handelte. Aber Bert? Warum saß der denn so frustriert hier herum? Wegen Katja vielleicht?

Früher hätte sie seine Stimmung vielleicht gar nicht bemerkt, aber in letzter Zeit, seit sich alles gegen sie verschworen hatte und nichts mehr so lief, wie sie das gerne gehabt hätte, war sie einfühlsamer geworden. Deshalb ging sie zu ihm und setzte sich neben ihn auf die Treppenstufen. Einige Augenblicke saßen sie einträchtig nebeneinander, dann fragte Anika: »Sag mal, was ist eigentlich mit Katja los? Liebeskummer, oder?«

Bert fuhr auf, sah sie verwirrt an. »Wer? Ich?«

Anika lächelte. »Nein. Katja.«

Bert sank wieder in sich zusammen. »Quatsch. Die hat ganz andere Probleme.«

»Echt? Und was für welche?« erkundigte sich Anika. Es ging also doch nicht um Marc, wie sie angenommen hatte. Aber was für Probleme konnte Katja sonst noch haben? Mit ihrer Mutter? Oder wollte sie zurück aufs Land?

Es war Anika immerhin gelungen, Berts Aufmerksamkeit zu erringen. Er betrachtete sie von oben bis unten. Sie hatte ihn bisher nicht interessiert, schließlich kannte er sie schon ewig, und er war, seit er Katja zum erstenmal gesehen hatte, völlig auf sie fixiert gewesen. Aber in diesem Moment fiel ihm auf, wie attraktiv Anika war mit ihren hellblonden Haaren, den blauen Augen und der hübschen Figur. Natürlich, sie war nicht Katja, aber immerhin ...

Seine Lebensgeister erwachten wieder, und er dachte angestrengt nach. Gleich darauf verlor sein Gesicht den trübsinnigen Ausdruck, und er fragte listig: »Was krieg' ich, wenn ich es dir sage?«

Anika zuckte mit den Schultern, und ihre Antwort zeigte deutlich, daß auch sie ihn nicht als Mann ansah. »Was willst du? Ein Eis?« fragte sie.

Bert schüttelte den Kopf. Ein so idiotischer Vorschlag verdiente nicht mehr als Antwort. Wortlos hielt er ihr eins seiner Kondome direkt vor die Nase.

Anika verstand zunächst nicht, was er ihr damit andeuten wollte. Sie sah ihn an, dann das Kondom, dann wieder ihn. Endlich fiel der Groschen. Sie lachte und sagte entschieden: »Ne!«

Bert hatte nichts anderes erwartet und bereits den nächsten Vorschlag parat. »Okay!« sagte er schnell. »Dann einen Kuß! Aber einen richtigen! Mit Zunge!«

Anika schnaufte ein bißchen. Das war ziemlich viel

verlangt, fand sie. Vorsichtig sah sie sich nach allen Seiten um. Es fehlte ihr noch, daß jemand sah, wie sie diesem Kind einen Kuß gab! Die spöttischen Bemerkungen konnte sie sich lebhaft vorstellen, wenn sich das herumsprach. Sie hatte schließlich einen Ruf zu verlieren, auch wenn sie in den letzten Tagen beschlossen hatte, ein besserer Mensch zu werden.

Es war weit und breit niemand zu sehen, die Luft war rein. Sie wandte sich Bert zu, der sie noch immer betrachtete, als sehe er sie heute zum erstenmal. »Okay!« sagte sie schließlich ergeben.

Er leckte sich voller Vorfreude die Lippen und strahlte. Dann zog er sie zu sich heran, als habe er das schon hundertmal getan, und legte los.

Marc saß auf dem Bootssteg und starrte gedankenverloren auf den See hinaus, auf dem er noch vor kurzer Zeit mit Katja einen wunderbaren, glücklichen Nachmittag verbracht hatte. Vor kurzem? Das schien Lichtjahre her zu sein. Und genauso lange dauerte es auch schon an, daß er zutiefst unglücklich war.

Er wußte nicht mehr, was er tun sollte. All seine Versuche, Katja davon zu überzeugen, daß er es ernst meinte mit ihr, daß er wirklich in sie verliebt war, waren fehlgeschlagen. Sie wollte nichts mehr mit ihm zu tun haben, und er konnte es ihr nicht einmal verdenken. Sie traute ihm nicht mehr, und das war, nach allem, was geschehen war, kein Wunder.

Seitdem vermochte ihm nichts mehr Freude zu bereiten. Selbst das Segeln war nicht mehr so schön wie zuvor, weil er immer daran denken mußte, wie es gewesen war, neben Katja im Trapez zu hängen und zu hören, wie sie lachte, während sie über das Wasser flogen. Er sehnte sich danach, das zu wiederholen, aber es schien, als habe er sie für immer verloren. Wenn er daran dachte, konnte er kaum noch atmen.

Er hörte Schritte auf dem Steg hinter sich, aber er machte sich nicht die Mühe, sich umzudrehen. Katja war es sicher nicht, und wer es sonst sein konnte, interessierte ihn nicht. Als er allerdings feststellen mußte, daß es Anika war, die sich neben ihn setzte, beschloß er, ihr gegenüber endlich Klartext zu reden, und so sagte er: »Begreifst du es denn nicht, Mädchen? Ich will nichts von dir!«

Anika nickte, obwohl ihr das Herz schwer war. Es tat weh, das so deutlich zu hören, obwohl sie es ja schon vorher gewußt hatte. »Doch, Marc«, antwortete sie. »Das habe ich begriffen. Ich kann dir helfen.«

Er sah sie an und hätte fast gelacht. Ausgerechnet Anika wollte ihm helfen, das war wirklich ein guter Witz. Anika, die seit Monaten hinter ihm her war und einfach nicht hatte begreifen wollen, daß er sich nicht für sie interessierte! Und jetzt auf einmal wollte sie ihm helfen? Er fragte sich, wobei.

Aber das Mädchen neben ihm war völlig ernst, und es wirkte anders als sonst. Und als Anika anfing zu reden, erkannte er, daß er sie falsch eingeschätzt hatte. Er hörte ihr aufmerksam zu.

Katja wirbelte durch die Wohnung. Sie war spät dran für die Schule und raste hin und her, um ihre Sachen zusammenzupacken. Ihre Mutter war längst weg, und sie hatte einfach zu lange herumgetrödelt.

Als es klingelte, schimpfte sie leise. Das kostete wieder ein paar Minuten. Vor der Tür stand der Zusteller eines Express-Kurierdienstes, sah sie an, schaute auf seine Unterlagen, blickte wieder hoch und sagte: »Guten Morgen. Ich hätte eine Zustellung für Katja Krämer.«

Katja machte ein erfreutes Gesicht. Vergessen war, wie eilig sie es hatte. Jemand schickte ihr ein Paket! »Für mich? Von wem denn?« fragte sie neugierig.

Der Mann schaute wieder auf seinen Block und antwortete: »Der Absender ist Vorberg. Marc Vorberg.«

Sofort war Katjas gute Laune verflogen, ihr Gesicht verdüsterte sich, die Stimme war schneidend, als sie sagte: »Können Sie zurückschicken!« Mit diesen Worten knallte sie dem verdutzten Mann die Tür vor der Nase zu und rannte zurück in die Wohnung, wo sie damit fortfuhr, ihre Sachen zusammenzupacken.

Aber ihren vorherigen Schwung hatte sie verloren. Konnte er sie nicht endlich in Ruhe lassen? Mußte er immer wieder die alten Wunden aufreißen? Jedesmal, wenn sie gerade glaubte, ein bißchen über die Geschichte hinweggekommen zu sein, hatte er sich etwas Neues ausgedacht, und alles fing von vorne an. Dabei fand sie ihr Leben im Augenblick auch so schon schwer genug!

Von unten drangen merkwürdige Geräusche herauf, die sie sich nicht erklären konnte. Wenn sie nicht in Essen gewesen wäre, hätte sie schwören können, Hufeklappern gehört zu haben. Trotz ihrer Eile ging sie zum offenen Fenster und lehnte sich neugierig hinaus, um zu sehen, was da los war.

Der Anblick, der sich ihr bot, ließ ihren Atem stok-
ken: Ein großer LKW des Zustelldienstes stand dort,
mit offener Hecktür, so daß man sehen konnte, daß er
mit Stroh ausgelegt war. Hinten, auf einer schrägen Ram-
pe, stand der Zusteller und versuchte verzweifelt, ein
Pferd, das auf der Straße umhertrottete und in diesem
Augenblick laut wieherte, wieder in den Wagen zu lokken.

Aber das war doch ... »Hey!« rief Katja aufgeregt. »Raisulih!«

Der Hengst hob den Kopf und wieherte erneut. Katja
raste aus der Wohnung, obwohl sie noch nicht einmal
fertig angezogen war, sie eilte aus dem Haus und rief
wieder: »Raisulih!«

Er kam ihr entgegen auf dem schmalen Weg, der
zum Haus führte, und sie fiel ihm um den Hals, küßte
und streichelte ihn. »Raisulih, wo kommst du denn her?
Wie geht's dir? Alles klar?«

Ja, es war alles klar, Raisulih ging es gut, jetzt, wo er
endlich wieder bei Katja war. Sie schwang sich, barfuß
und im T-Shirt, wie sie war, auf seinen Rücken. Im nächsten Augenblick waren sie auf der Straße, und Raisulih
verfiel in leichten Galopp. Der Zusteller sah ihnen mit
offenem Mund nach. So etwas war ihm in seinem ganzen Leben noch nicht passiert.

Katja und Raisulih flogen durch die Stadt: zuerst mitten durch die Fußgängerzone, wo die Leute bei ihrem
Anblick auf die Seite sprangen und ihnen dann mit
offenen Mündern nachstarrten, und danach ging es in
Richtung Schule.

Happy-End Nummer eins ...

Die Schule hatte noch nicht begonnen; dank ihres Wahnsinnsritts mitten durch die Stadt kam Katja nicht einmal zu spät. Aber das spielte längst keine Rolle mehr, der Unterricht war ihr für heute herzlich egal. Sie hatte Wichtigeres zu tun, sie mußte unbedingt Marc finden. Denn daß er Raisulih nach Essen geholt hatte, war ein echter Liebesbeweis! Sie verstand zwar die Zusammenhänge überhaupt noch nicht, aber das war nicht wichtig im Augenblick. Wichtig war allein, was er für sie getan hatte!

Sie ritt im vollen Galopp auf den Schulhof. Sofort rannten alle Schüler zusammen: Es gab wieder einmal etwas zu sehen. Und wieder einmal spielte Katja Krämer dabei die Hauptrolle, wie schon öfter in der letzten Zeit. Alle waren gespannt, was diesmal passieren würde.

Mit wehenden Haaren flog Katja über den Schulhof, genau auf Marc zu, der irgendwo am Ende stand und ihr entgegensah, als habe er sie erwartet. Sie brachte Raisulih direkt vor ihm zum Stehen und lächelte ihn strahlend an. Er lächelte zurück. Es war das erste Mal seit jenem unglückseligen Tag, als sie ihm die Gerade auf die Nase verpaßt hatte, daß sie kein böses Gesicht bei seinem Anblick machte.

Sie ließ sich auf den Boden gleiten und ging auf Marc zu. Und während Raisulih und eine Unmenge Schülerinnen und Schüler ihnen zuschauten, sahen sie einander tief in die Augen. Ganz langsam kamen sich ihre Gesichter immer näher, und dann küßten sie sich endlich und vergaßen dabei die Welt um sich herum. Aller

Kummer der letzten Zeit schmolz dahin wie ein Klümpchen Eis in der Sonne. Übrig blieb nur noch das Glück, endlich wieder zusammenzusein.

Sie wußten es nicht, aber einige der Umstehenden, die Zeuge ihrer Versöhnung wurden, waren nicht ganz so glücklich wie sie. Anika schlich sich mit Tränen in den Augen davon, denn sie war noch immer in Marc verliebt, und es tat ihr weh, ihn mit Katja zu sehen, obwohl sie selbst für dieses Happy-End gesorgt hatte.

Auch die sonst so coole Nic bemerkte, daß sie richtig gerührt war, als sie Katja und Marc sich so selbstvergessen küssen sah. Sie stand ganz allein in der Menge und fühlte sich merkwürdig traurig. Früher hätte sie mit ihren Freundinnen hier gestanden, aber diese Zeit schien lange vorbei zu sein.

Miriam, die gar nicht weit von Nic entfernt stand, aber eben nicht mit ihr zusammen, verfolgte Katjas und Marcs Kuß ebenfalls mit einer Mischung aus Zufriedenheit über das glückliche Ende zumindest dieser Geschichte und Trauer über den Verlust von Katja und der Fun-Gang.

Ganz feuchte Augen hatte Doro, die auch völlig allein irgendwo in der Schülermenge stand. Das war echte Liebe zwischen den beiden, das sah sie. Wie schön für sie! Aber wie traurig, daß wegen dieser Liebesgeschichte die Fun-Gang zerbrochen war!

Katja und Marc lösten sich voneinander. Sie saß wieder auf, und Marc schwang sich hinter ihr auf Raisulihs Rücken. Unter dem donnernden Applaus der versammelten Schüler galoppierte der Hengst fröhlich wieder vom Schulhof.

Marc hatte noch eine weitere Überraschung für Katja gehabt, die er ihr aber vorher nicht hatte verraten wollen. Erst als sie vor dem Stall standen, den er neulich mit seinem Onkel repariert hatte, sagte er ihr, daß sie Raisulih hier unterbringen könne. Ihr Glück kannte keine Grenzen, und sie war ihm sofort wieder um den Hals gefallen und hatte ihn stürmisch geküßt.

Marcs Onkel hatte das gesehen und zufrieden in sich hinein gelächelt. Er hatte es ja gewußt! Und was für ein nettes Mädchen das war, das sich sein Neffe da ausgesucht hatte. Er war mit Marcs Wahl sehr zufrieden, und ihr Pferd war auch in Ordnung, das hatte er sofort gesehen.

Raisulih fühlte sich vom ersten Moment an wohl in seinem neuen Zuhause. Er hatte sich sogar schon mit der kleinen Stute von Marcs Onkel angefreundet.

Nachdem das alles erledigt war, hatten sich Katja und Marc auf die Obstwiese hinter dem Hof des Onkels gelegt. Sie hatten eine Menge nachzuholen und konnten gar nicht aufhören, einander zu streicheln und zu küssen. Nach einer Weile richtete sich Katja auf und fragte: »Sag mal, woher wußtest du das eigentlich mit meinem Pferd?«

»Von Anika.«

Katja konnte es nicht glauben. »Von Anika?« rief sie.

Marc hatte Angst, schon wieder etwas falsch gemacht zu haben. »Ja, wieso? Ist irgendwas verkehrt?«

Katja schüttelte den Kopf. »Ne, ne!« sagte sie und zog sich eilig ihr Top an. »Ist okay. Ich muß nur noch mal ganz schnell was erledigen ...«

Marc verstand überhaupt nichts, aber sie küßte ihn, und so beschloß er, sich nicht weiter zu beunruhigen –

auch wenn er selbst in einer ähnlichen Situation schon einmal gesagt hatte: ›Ich muß nur noch etwas erledigen‹ und das der Anfang des ganzen Unglücks gewesen war.

Aber daran wollte er nicht mehr denken.

»Sag mal«, fragte Katja, »gibt's hier 'n Telefon in der Nähe?«

»Ich glaub', dahinten irgendwo«, antwortete Marc und sah ihr nach, wie sie in ihrem kurzen Rock eilig über die Wiese lief.

Der Moderatorin von Eins-Live war das Bedauern anzuhören, als sie ihren Hörern mitteilte: »Ich hatte hier gerade einen etwas komischen Anruf – von einem Girl, das irgendwie seine Freundinnen verloren hat. Schade, schade, schade, kann ich da nur sagen, denn eigentlich sollten die Mädels morgen bei unserem Girl-Band-Contest auftreten. Aber vielleicht finden sie sich bis dahin ja wieder?! Hier ist ihr Song!«

Und dann tönte zum erstenmal das Lied der Fun-Gang aus dem Radio: *»Wir zusammen sind gemeinsam eine Einheit und nie einsam ...«*

Nic hörte diese Zeilen, als sie gerade knutschend mit Gero auf dessen Bett lag, er sich auf einmal aufrichtete und zu ihr seinen Standardsatz sagte: »Du siehst gerade total toll aus. Bleib so!« Er kramte nach seiner Polaroidkamera, aber als er Nic und sich fotografieren wollte, schob sie ihn achtlos beiseite, stand auf und hatte im nächsten Augenblick schon das Zimmer verlassen. Ihr Song lief im Radio, da würde sie doch nicht weiter mit Gero herummachen! Sie mußte sofort zum

Treffpunkt der Fun-Gang, alles andere war unwichtig geworden.

Gero schüttelte den Kopf. Was war denn nur los in letzter Zeit, daß die Mädels immer abhauten, bevor er zur Sache kam? Er hoffte nur, daß sich das bald wieder zum Besseren wenden würde!

Doro war dabei, Antonio abzuzocken. Sie spielten das Hütchenspiel diesmal mit Nußschalen.

»Da?« fragte Antonio, als sie wieder einmal zielsicher getippt hatte. »Nicht woanders? Bist du dir sicher?« Er deckte die Nußschalen auf und schob ihr den nächsten Zehner zu. Sie hatte schon einen ganzen Stapel davon vor sich liegen, als sie plötzlich aus dem Radio hörte: *»Sind verschworen beieinander, kämpfen alle für einander ...«*

»Gibst du mir jetzt noch eine Chance?« fragte der verzweifelte Antonio und begann erneut, die Nußschalen zu bewegen, aber Doro beachtete ihn gar nicht mehr. *»Wir sind Freundinnen und gut drauf«,* sang Miriam aus dem Radio, und auf einmal hatte Doro es eilig. Sie ließ den verdutzten Antonio stehen und nahm noch nicht einmal ihr Geld mit.

»Eine für alle, alle für eine! Hey, zusammen sind wir die Fun-Gang, ist doch besser, als alleine!« hörte Miriam es auf einmal aus den Lautsprechern eines Geschäfts in der Fußgängerzone tönen, während sie Jürgen gerade einen Hut aufsetzte, mit dem er seine dämliche Schalke-Rasur verdecken konnte. Sie ließ die Arme sinken und lauschte. *»Zusammen heben wir die Welt aus den Angeln ...«*

Im nächsten Augenblick drehte sie sich um, ließ Jürgen einfach stehen und verschwand. Er war darüber nicht unzufrieden, denn er hatte eine Kopfbedeckung gefunden, die ihm viel besser gefiel als der Hut, den Miriam ihm ausgesucht hatte: eine Schirmmütze, die haargenau das Muster hatte, das er auch auf dem Kopf trug! Er setzte sie auf und grinste. Mit der Mütze sah er genauso aus wie vorher.

... und Happy-End Nummer zwei

Hey, hey, hey, ist doch klar, wir sind immer füreinander da!« sangen Katja, Miriam, Nic und Doro kurz darauf im Fun-Gang-Treff und waren so albern, wie man nur ist, wenn man sehr unglücklich oder sehr glücklich ist.

Alle hatten sie ihren Song im Radio gehört, und alle waren sie sofort zum Treffpunkt gekommen! Miriam zauberte fünf Piccolo-Flaschen hervor, und dann stießen sie damit an. Auf einmal war die Welt wieder schön!

»Auf die Fun-Gang!« rief Miriam, und Katja fügte lachend hinzu: »Und auf eure beknackte Jungfrauenregel!«

Wieder stießen sie mit ihren Flaschen an – Nic allerdings machte diesmal nicht mit. Sie war auf einmal ganz still. Die anderen merkten zunächst nichts davon, dann aber trat Nic aus dem Kreis heraus, in dem sie standen und drehte sich zu den andern um.

»Also, Mädels«, begann sie, und auf einmal war es sehr ruhig. So ernst war Nic nur selten, das hieß bestimmt nichts Gutes. Würde schon wieder eine neue

Belastungsprobe auf die Fun-Gang zukommen? Jetzt, wo sie sich gerade erst wiedergefunden hatten?

Nic mußte sich sichtlich überwinden, weiterzusprechen. »Falls es diese schwachsinnige Regel immer noch gilt«, sagte sie und hatte Mühe, den anderen in die Augen zu sehen, »müßt ihr morgen sowieso zu viert auftreten.«

Die anderen standen da wie vom Donner gerührt. Das konnte doch wohl nicht wahr sein, was sie da gerade gehört hatten! Nic hatte noch gar nicht? Sie grinste, freilich ein wenig verlegen, als sie die fassungslosen Gesichter sah. »Was kann ich denn dafür, wenn ihr mich andauernd dabei stört!«

Niemand rührte sich, bis Miriam auf Nic zuging und ihr einen Arm um die Schultern legte. Alle hielten es für eine freundschaftliche Geste, auch Nic, die sich ein wenig entspannte, aber dann ließ Miriam die Bombe platzen. Mit ernstem Gesicht erklärte sie: »Also, ich glaub', ihr müßt dann wohl zu dritt auftreten!«

»WAS?« platzte Katja heraus. Und auch Doro war völlig platt. Sie sahen einander an und schüttelten die Köpfe.

Katja erholte sich jedoch schnell. »Ich glaub's einfach nicht!« rief sie und fing an, die beiden mit Sekt zu bespritzen. »Ihr seid voll die gemeinen, hinterhältigen ... JUNGFRAUEN??!!«

Der Bann war gebrochen, und sie fingen an, sich alle gegenseitig mit Sekt naß zu spritzen. Die vorherige Spannung mußte sich Luft machen.

Miriam hörte plötzlich auf und fragte: »Hey, Moment mal, Moment mal. Wo bleibt eigentlich Anika?«

Ja, wo blieb Anika? Sie waren ja bisher noch gar nicht vollständig, sondern nur zu viert. Anika fehlte. Sollte sie die einzige sein, die den Song nicht gehört hatte? Das wäre ja wirklich zu blöd gewesen. Sie hatten schließlich einiges zu feiern, und dazu sollten sie vollzählig sein!

Aber wie aufs Stichwort erschien Anika genau in diesem Augenblick, allerdings machte sie keinen besonders glücklichen Eindruck. Die anderen begrüßten sie jubelnd, auch Katja.

»Wieso kommst du denn jetzt erst?« rief Nic, und Doro fragte: »Hast du unseren Song im Radio gehört?«

Anika war mittlerweile näher gekommen, und nun sahen sie auch, warum sie so bedröppelt guckte: Sie trug einen Gehgips am rechten Bein.

»Wie ist denn das passiert?« rief Nic.

»Beim Reitunterricht«, antwortete Anika kleinlaut.

»Was?« rief Katja. »Du lernst reiten?«

Anika schüttelte den Kopf. »Ne. Ich glaube, Pferde können mich nicht besonders gut leiden.«

Katja ging ein paar Schritte auf sie zu. »Und?« fragte sie mitfühlend. »Tut's weh?« Das war ihre Art, Anika zu zeigen, daß sie ihr verziehen hatte und daß sie sie nicht verraten würde.

Anika schüttelte den Kopf. »Nö.« Sie lächelte kleinlaut. »Nur, was den Auftritt morgen angeht, seid ihr mich jetzt wohl los.« Sie zeigte auf ihr Gipsbein. »Tanzen ist nicht! Also, probt mal noch 'ne Runde!« Traurig drehte sie sich um und ging langsam wieder zur Tür.

Die anderen sahen ihr betreten nach, Nic rief: »Oh, shit!«

Katja wandte sich zu ihnen um und forderte sie stumm auf, sich gefälligst eine Lösung für dieses Problem einfallen zu lassen. Sie waren schließlich die Fun-Gang, und es ging um ihren ersten gemeinsamen Auftritt! Aber es war wie verhext, niemandem wollte so schnell etwas einfallen.

Oder doch? Katja wirbelte wieder herum und rief Anika nach: »Hey, warte mal!« Sie strahlte über das ganze Gesicht. »Ich hab' 'ne Idee!«

... und das letzte Happy-End

Der große Tag des Girl-Band-Contests war gekommen, der Auftritt der Fun-Gang stand unmittelbar bevor. Der Saal, in dem der Wettbewerb stattfand, tobte, die Stimmung war einfach überwältigend.

Die Mädchen waren so aufgeregt wie noch nie. Natürlich war die halbe Schule da, um ihren Auftritt zu erleben. Sie alle hielten ihnen die Daumen und waren wahrscheinlich nicht weniger aufgeregt als Katja, Miriam, Nic, Doro und Anika.

Miriam hatte Jürgen im Publikum entdeckt, und er hatte sich tatsächlich seine Fußballrasur entfernen lassen! Er sah fast normal aus mit seinen kurzgeschnittenen Haaren.

Katja wußte, daß Marc irgendwo da unten vor der Bühne stand und ihr ganz fest die Daumen hielt. Sogar Maria war extra aus dem Sauerland angereist, um Katja und ihre Freundinnen live zu erleben!

Bibbernd standen die Mädchen am Rande der Bühne, als sie nun von der Moderatorin angekündigt wurden: »Die Mädels singen über ein Thema, das sie selbst sehr gut kennen, und sie haben ihren Song selbst komponiert! Hier ist aus Essen die Fun-Gang mit ›Mädchen sind Monster‹!!«

Pfeifen, Gekreisch, Applaus. Es wurde dunkel, die Musik setzte ein, und im selben Augenblick war die Aufregung wie weggeblasen. Dann standen sie plötzlich in einem Lichtkegel, und von nun an ging alles wie von selbst.

Sie bewegten sich sicher, schließlich hatten sie oft genug geprobt! Und was ihrem Auftritt, rein optisch gesehen, einen besonderen Kick verlieh, waren die fünf Gipsbeine, die sie locker schwenkten. Als das Publikum das sah, brach sofort wieder Jubel aus. Niemand im Saal kam auf die Idee, daß eins davon tatsächlich echt war, die vier anderen dagegen nur eine Notlösung!

Die fünf Mädels hatten außerdem in letzter Minute noch weiter an ihrem Text gearbeitet, schließlich war viel passiert, seit sie die ersten Zeilen ihres Songs geschrieben hatten!

»Wir zusammen sind gemeinsam
eine Einheit und nie einsam!
Sind verschworen beieinander,
kämpfen alle füreinander!
Wir sind Freundinnen und gut drauf –
eine für alle, alle für eine!
Hey, zusammen sind wir die Fun-Gang
ist doch besser, als alleine!
Zusammen heben wir die Welt aus den Angeln –
zusammen, auch wenn wir uns manchmal rangeln!
Mädchen – Mädchen sind Monster, Mädchen
*   sind Monster,*

hey, ist doch klar, wir sind immer füreinander da!
Ihr wißt schon, ich kann auch gerne mal zicken,
dann könnt' ich euch alle einfach in die Wüste
*   schicken!*
Doch nach 'n paar Stunden tut's mir schon wieder
*   leid,*
weil ihr doch meine besten Freundinnen seid!
Manchmal sind die Zeiten shit, man haßt die ganze
*   Welt,*
doch wichtig ist die Freundschaft
und daß man zusammenhält!
Mädchen, Mädchen sind Monster ...«

Der Jubel, der nach ihrem Auftritt losbrach, war unbe-
schreiblich, und alle fünf wußten, daß sie diesen Augenblick nie vergessen würden.

Katja entdeckte Marc in der Menge, der genauso begeistert applaudierte wie alle anderen. Er strahlte sie
an, und sie strahlte zurück. Jetzt fing das Leben erst
richtig an!

Band 12795

Jule Brand

**Sag nicht, ich hätte
dich nicht gewarnt!**

Das hält Fee ihrer Freundin Pia vor, als diese so richtig
in der Patsche sitzt. Pia, gerade mal achtzehn, ist ein
ausgesprochenes Rabenaas. Weil sie in die Ballettauf-
führung ihrer Schwester eine Riesenschlange ge-
schmuggelt hat, fliegt sie zu Hause raus und läßt bei der
Gelegenheit auch die Schule sausen. Mit List und Tücke
und einer gehörigen Portion Phantasie verfolgt sie ihren
Plan, führt sämtliche Hunde der Nachbarschaft aus und
schikaniert ihre Konkurrentinnen. Ja, sie scheut nicht
einmal davor zurück, den Sohn des Produzenten zu ver-
führen. Doch hierbei hat sie die Rechnung ohne ihre
eigenen Gefühle gemacht...

Band 12827

Beate Dölling

Mir kann keiner an den Wimpern klimpern

Lilo ist verliebt, aber weiß nicht, in wen. Sie möchte auch in einer »wilden Ehe« leben wie ihre Sportlehrerin. Doch dazu muß sie so schnell wie möglich älter werden. Nur scheinen in Osnabrück die Uhren eingerostet zu sein. Nach den Holzbudennachmittagen auf dem verruchten Spielplatz, einer lebensgefährlichen Dachbodenparty und den täglichen Spaziergängen mit der fetten Promenadenmischung Goldie, lernt Lilo den wesentlich älteren Engländer und Discjockey Peter Lux kennen. Er zeigt ihr – mit einer Kuh als Zeugin – was körperliche Liebe wirklich ist: etwas anderes jedenfalls, als das, was sich Lilo und ihre Freundinnen erzählt haben. Und den festen Freund, der immer fester wird, wieder loszuwerden, erweist sich als äußerst schwierig.

BASTEI LÜBBE

Band 12737

Peter Mennigen

Pretender
Erinnerungen

Dreiundzwanzig Jahre seines Lebens verbringt Jarod
Russell eingesperrt in einem Forschungszentrum, dem
Center. Skrupellose Wissenschaftler bedienen sich seiner
außergewöhnlichen Fähigkeiten, um das zu bekommen,
was sie wollen: Geld und Macht. Jarod flieht. Er will nicht länger mitschuldig sein an Tod und Vernichtung, sondern für
Recht und Gesetz eintreten und Menschenleben retten.

Immer wieder quälen Jarod die Erinnerungen an die Zeit
vor seiner Gefangenschaft im Center. Was ist damals wirklich geschehen? Lebt seine Mutter noch und wo? Verzweifelt
sucht Jarod die Wahrheit - während Miss Parker ihn im
Auftrag des Center jagt. Eine heiße Spur führt sie zu einem
Stützpunkt der US-Army. Ronald Collins, ein Testpilot, ist mit
seinem Jet abgestürzt. Fahrlässigkeit, erklärt die Army der
Witwe und verweigert eine Abfindung. Jarod glaubt nicht an
einen Unfall. Er will Collins rehabilitieren ...

**BASTEI
LÜBBE**

Band 12866

Dirk Jasper

**Leonardo DiCaprio
»Es ist ein Traum«**

**Die faszinierende Erfolgsstory des Superstars einer neuen
Generation - mit 40 Seiten farbiger Bilder!**

»Dad, ich möchte wirklich Schauspieler werden, aber wenn
so was wie heute noch oft passiert, dann will es lieber doch
nicht!« Leonardo DiCaprio erinnert sich noch gut an den Tag,
an dem er dies sagte und weinend zu seinem Vater lief.
Wieder einmal hatte er ein Casting hinter sich gebracht und
war rüde abgewiesen worden. Wieder waren seine
Hoffnungen auf die erste große Rolle zunichte gemacht. Und
wieder war er am Boden zerstört. Doch dies blieb nicht lange
so. Denn Leonardo verlor seinen Traum, seinen großen
Traum, nie aus den Augen. Er wußte, daß er es schaffen
konnte - wenn ihm nur jemand eine Chance geben würde.
Die Chance kam, Leonardo griff mit beiden Händen zu, und
danach vermochte ihn niemand mehr aufzuhalten...

**BASTEI
LÜBBE**